メディアワークス文庫

死なない生徒殺人事件
～識別組子とさまよえる不死～
新装版

野﨑まど

目　次

旧装丁版イラスト・カバーキャラクターデザイン原案／hakus

∞.

別に教師という職業に憧れていた訳ではない。

就職活動の時に教員を選んだ理由は二つある。一つは教職課程を取っていたから。もう一つは、院で取った専修免許で給与に色が付くと聞いたからだ。そんな簡単な考えで、俺は教師になった。

正直に言わせてもらえれば、俺は教師という仕事を舐《な》めていたのだと思う。

実際に仕事を始めてみると、甘い考えは即座に吹き飛んだ。高校という職場は毎日が台風のようだった。凶悪な暴風の如《ごと》き生徒達《たち》は、必死に働く教師の横面を絶え間なく打ち付けてきた。いや実際に殴ってくるわけではないのだが、ダメージは似たようなものだ。教師になったばかりの俺は、押し寄せる強風と高波にさらわれまいと必死に抗《あらが》った。

しかし人間どんなことにも慣れるもので、教員生活の一・二年目は目の前の雑務をがむしゃらにこなすだけで過ぎ去ったが、三年目になると仕事にも少しずつ慣れ始めて日々降り注ぐ生徒達の問題にもあまり動揺しなくなっていた。そうして四年目を終える頃には、俺は生徒だけでなく後輩の教師にも偉そうな指導をできるまでに成長していた。その成長ぶりたるや「教師という仕事の楽しさが最近なんとなく解《わか》ってきてね」などという台詞《せりふ》を恥ずかしげもなく吐くほどであった。

そんなこんなでやっと教師の仕事に慣れてきた折の事だった。世界的な不況の影響か、俺の勤めていた高校でも人員整理が始まった。理科の教員は減らすという方針で、俺は契約を更新してもらえなかった。簡単に言えば解雇された。

やっと仕事が面白くなってきたタイミングでの解雇を寂しく感じた俺は、すぐさま新しい勤め先を探した。幸いな事にちょうど理科教師を募集している学校があり、次の職場はすぐに見つかった。天が俺に教師を続けろと言ってるのだと思った。

そうして教員五年目、俺は私立藤凰《とうおう》学院にやってきた。

今思えば。

この時の俺は、まだ教師という仕事を舐めていたのかもしれない。

いや、そうじゃない。

俺は、〝人に物を教える〟という事を、舐めていたのだ。

I. 生命

1

「広いでしょう?」

前を歩く教頭先生が振り返って言った。

「広いですね。大学みたいだ」

俺は答えながら、周りを見回す。

校門から続く幅の広い通りは綺麗《きれい》な石畳で舗装されている。道の両脇にはけやきの並木と植え込みが整然と並んでいて、木々が途切れる所には古い風格漂う煉瓦《れんが》造りの建築が悠然と建っていた。どの建物も四階くらいまでの高さしかなく、全体に上方向よりも横方向に広い。視界に広がる景色はまさに古風な大学のようだった。

だがここは大学ではない。

いや、もっと正確に言うならば。

ここには、大学はない。

その時、正面から制服姿の女の子が歩いて来るのが見えた。中学生か高校生か迷うくらいの背丈の女生徒は、顔を伏せながら我々の横を通り過ぎた。

女生徒の後ろ姿を見送っていると、どうかしましたか？　と教頭先生に声をかけられた。俺は少し慌てて取り繕う。

「その、なんだか懐かしくて」

「懐かしい、ですか？」

「ええ。制服姿の生徒を間近に見ると、ああ、また学校に帰ってきたんだなぁと思いまして。言っても、前の職場を離れてからまだ一ヶ月くらいしか経《た》ってないんですが」

そんな説明をしながら、自分でも少し驚いていた。俺は思ったよりも学校が好きだったらしい。

「それにこんなことを言っちゃあまずいですけど。やっぱり女生徒は可愛《かわい》いですしね」

そんなことを冗談めかして言うと、それを聞いた教頭先生が微笑《ほほえ》んでこう言った。

「なら楽しみにして下さい。春休みが終わったら、この道は二五〇〇人の女子で埋め尽くされますから」

俺はぞっとした。

そう、ここには、大学だけがない。

俺の新しい職場となるここ『私立藤凰学院』は、幼稚園・小学校・中学校・高等学校を一堂に揃《そろ》えた、総計十四年の一貫教育を実現する名門女子校なのである。

下手な大学よりも広大な学院の敷地内《しきちない》には、幼稚園から高校までの全ての校舎、それに付随する図書館・体育館・グラウンドなどの大型施設、さらには遠距離入学者のための寮までもが集約されている。一度学院の門をくぐったならば、明治時代から連綿と続く一流の教育をみっちりと施され、卒業する頃にはどこに出しても恥ずかしくない良家の令嬢が完成するのである。

と言ってもこの学校は、別に金持ちのためだけの学校というわけでもない。なんでも藤凰学院では毎年身寄りの無い子供達を受け入れているそうで、そのまま寮に住まわせて就学させているのだという。受け入れ対象は高等部から幼稚部まで幅広く、一番小さい子に至っては四、五歳くらいの頃からずっと学院内で養育されているらしい。

それらは全て創立者の理念に則した事業なのだと、教頭先生が教えてくれた。偉い。立派な先輩の作った学校に就職できて良かったと思う。

だがその大先輩にあえて聞きたい。

なぜ。なぜ女子校なのか。

教員の経験が無い方には伝わりにくいかもしれないが、十代の女子というのは魔物である。俺は前の学校の四年間でその本性を嫌と言うほど味わった。実際に嫌だとも言った。幾度と無く言った。女子が怖いと養護の先生に相談した事だってある。堪えてくださいと言われた。

ましてやそれは、俺が高校生だけを相手にしていた時の話なのだ。

この新しい職場は、五歳から十八歳までのうら若き女子二五〇〇人が跳梁跋扈《ちようりようばつこ》する日本の無法地帯なのである。少しでも気を抜こうものならば二十八歳の若い盛りである俺などは一瞬で全裸に剥《む》かれて裏口から放り出されること請け合いだ。こんな恐ろしい施設を作ろうと最初に言い出したのは、いったいどんな命知らずなのだろうか。

「一因縁《いちなみゆかり》という学者です」

教頭先生が教えてくれた。

「一因縁は学者としてよりも、教育者として高名な人物でした。彼女は多くの弟子に教育の何たるかを伝えました。そしてその弟子達の援助によって明治の初めに創設されたのが、この藤凰学院なのです」

教頭先生は教育の大先輩のお話を切々と聞かせてくれた。だが俺は、なるほど女性だから女子校などという魔窟を作ろうなんて思いついたのだな、と妙な納得をしただけだった。

2

広い職員室の一角に、八十人に及ぶ教員が集まっている。

前方では、校長先生による年度始めのお話が続いていた。二十八歳になってから聞く校長先生のお話は、中学生だった時に聞いていたものとあまり変わりがない。校長という人種は、この世の摂理から外れた永久不変の存在なのかもしれない。

永遠の話が終わった後、俺は八十人に向かって新任の挨拶をした。至って普通な人間である俺の普通な挨拶はこれまた普通に受け入れてもらえたようで、強くも弱くもない普通の拍手をいただいた。朝礼はやはり普通に終わり、集まっていた先生方は伸びをするような緩慢な動作で散っていった。

みんながそれぞれの机に戻る中、自分の机の場所が判《わか》らず所在無げにキョロキョロしていると教頭先生に声をかけられた。理科・社会科・体育科にはそれぞれの教科毎《ごと》の準備室があるという。つまり生物の教師である俺の机は理科準備室にあるらしい。

教頭先生は職員室を出ていこうとした一人の男に声をかけた。丸っこい髪型をした男は受村《うけむら》と言った。彼は物理の教師だそうで、俺は理科準備室まで案内してもらうことになった。

「伊藤《いとう》先生、おいくつです？」

廊下を歩きながら、受村先生が聞いてきた。

「二十八です。受村先生は？」

「僕、二十六です。近いですね」

彼はニコニコと人懐こい笑みを浮かべながら言う。

受村君は可愛い男だった。昔の広末涼子《ひろすえりょうこ》みたいな丸い髪型の彼が屈託のない笑顔を浮かべるとまさに昔の広末涼子のようだ。だが広末涼子のような二十六歳の男というのも、それはそれで受け入れ難《にく》いものではあった。

受村君はいやぁ、と話を続ける。

「伊藤先生が若い方で良かったですよ」

「というと？」

「ええとですね、理科の教師は僕の他にあと二人いるんですけどね。大迫《おおさこ》先生と有賀《ありが》先生っていう。大迫先生はもう五十代で、有賀先生は僕らと同じくらいかな。で、その大迫先生、今年は学年主任なんで職員室に机を移してるんです。そっちの方がやりやすいからって。だから今、準備室は僕と有賀先生だけなんですけど。大迫先生が居ないってだけで、もうえらいリラックスムードなんですよ。そこに新しい先生が来ると聞いて、ああ若い人だといいなぁと思ってたわけです」

俺はなるほどと頷《うなず》いた。

彼の気持ちはとてもよく解る。俺も受村君もお互いに一人前の教師には違いないのだが、四十代五十代の先生から見ればひよこみたいなものだ。そういう年配の方々にしたらぶっちゃけ我々も生徒とあまり変わらない。俺も前の学校では、お局様《つぼねさま》の先生から生徒よろしく盛大に叱られたものだ。

そういった教師間の上下関係はどこにでも存在する。なので、もし理科準備室を同年代の教師だけで固められるならば、それはそれは快適な職場になろうことは想像に難《かた》くない。とりあえず受村君は人の良さそうな男なので、あとは有賀なる人物と馬が合いさえすれば、理科準備室はきっと部活動の部室のような砕けた雰囲気になるのではないかと思う。多分こんな事を言っているから生徒扱いされてしまうのだろうが。

そんな陰謀渦巻く理科準備室は、高等部校舎四階の長い廊下の中程、理科室の隣にあった。廊下の壁には、学校ではお馴染《なじ》みの理科ニュースが貼られている。理科に関する雑学や新発見を、大きな写真入りで掲載する壁張りポスターだ。今月の見出しは「海とはなんだろう」だった。通りすがりの人に投げかけるには壮大すぎる質問だ。

受村君の後に続いて準備室に入った俺は、おおうと嘆声をもらした。

それほど広くない準備室の壁には、スチール製の棚が所狭しと並んでいた。中にはビーカーやメスシリンダーなどの実験器具がぎっしりと詰まっている。どれも新しくはないが、光り方を見ればよく手入れされているのが判る。棚の上に積まれた年代物の木箱はきっと顕微鏡用標本のケースであろう。一目見ただけでもかなりの数のスライドがあるのが見て取れた。

前に勤めていた学校は理科にあまり力を入れていなかったので、実験器具も標本も必要最低限の物しか無かったのだが。ここは流石《さすが》伝統校というべきか、過去の先生方が残してくれた遺産がたくさんあるようだ。窓際にはなんとドードーの模型まで飾ってある。それは別に要らないだろと思いつつも、俺は初めて博物館に入った子供のようにワクワクしていた。

するとと受村君がそのドードーに向かって「有賀先生」と声をかけた。あれが有賀先生なのか。同年代とは聞いていたがドードーだとは聞いていない。そもそもドードーって二十八年生きるのかと考えていると、そのドードーの手前に頭が見えた。

すっと立ち上がったのは、ドードーとは似ても似つかぬ鶴のような美人であった。

「有賀先生、こちら伊藤先生です」受村君が俺を紹介する。「って、さっきの朝礼で見ましたよね」

有賀先生はあっ、と口に手を当てた。

「そうですよね……生物の先生だと聞いていたのに、私ったら一人で先に来てしまって……。すみません、気が回りませんでした」

そう言って深々と頭を下げる有賀先生。いえその全然構わないですよ、と俺は慌てて手を振った。

「有賀哀《あい》です。化学を教えています」

有賀先生はやはり鶴のような上品さで微笑んだ。

なるほど、先輩の先生を追い出したくなるわけだと俺は納得した。

3

有賀先生は二十七歳で、俺と受村君のちょうど間の生まれになる。

藤凰学院の卒業生である彼女は、大学で教員免許を取得後にそのままこの学校に勤め始めて、今年で六年目だという。細面の顔立ちに白い肌、それと綺麗なコントラストを作っている漆黒の長い髪。多分その配色から、彼女を鶴っぽいと感じたのだろう。

彼女はその柔らかな物腰から教員・生徒問わず人気が高く、立ち居振る舞いにはまさに鶴と評するに相応《ふさわ》しい品が漂い、かといって人を寄せ付けないような壁を作るわけでもなく、生徒達からはありっち、ありりんと友達のように慕われている。と受村君は語る。

また人柄だけではなく、彼女は教員としての評価も非常に高いのだという。担当する化学の授業は分《わ》かり易《やす》いと評判で、生徒達の成績も目に見えて伸びるのだとか。理系科目の選択において化学は鉄板であり、実に物理や生物の三倍の希望者を集める。低学年の生徒が先輩に選択の相談をすると、ありりんの化学と一言だけが返る。あまりにも化学の成績が伸びるので、志望校を理系に変えようかと悩む生徒も出るほどだ。

というところで受村君型解説機の再生は終わった。

話を聞いた俺は、同じ教員として大変感ずるところがあった。

やはり教師たるものは、生徒に勉強を教える事こそが本分。特に理科離れの叫ばれる昨今において、子供達に理科の楽しさを伝えられるという事がどれだけ素晴らしい事か。自分の教え子が理科の楽しさを知り、ついには理系の進路を志す。それはまさに理科教員冥利に尽きる話と言えよう。

俺は痛く感動し、是非とも有賀先生と教育について語り合いたいと思った。受村君とも語り合いたくない訳ではないが、可能ならば差し向かいで語り合いたくなった。だが残念な事に俺と有賀先生は出会ってまだ二時間しか経っていない。まずは目の前の受村君のように、有賀先生と気さくに話ができるところに到達するのが先決であろう。

と、そこで受村君が、伊藤先生の歓迎会をしましょうという渡りに舟の提案をしてくれた。いいぞ受村君。偉いぞ受村君。

俺を含む新任教師の歓迎会は教員全体でもすでに予定されていたのだが、理科担当の教師だけでも小さくやりましょうという話になった。受村君は、大迫先生も誘いますけど忙しいと良《い》いなぁ、と呟《つぶや》いた。大迫先生をよく知らないが俺もそう思う。今必要なのは先輩教師の含蓄あるお話ではなく、同世代の仲間との相互理解に他ならない。

春休みが終わるとバタバタするんで早めにやらないと、と言って受村君はテキパキと店を予約してくれた。なかなかマメな男であった。

4

藤凰学院は吉祥寺《きちじょうじ》の程近く、京王井《けいおうい》の頭線《かしらせん》の沿線にある。

京王井の頭線は、住みたい町№1である吉祥寺と、若者の街№1である渋谷《しぶや》を繋《つな》ぐ私鉄路線だ。このように表現すると東京随一のミラクルオシャレトレインのように思われるかもしれないが、実体は住宅地の合間をモトンモトンと進むだけの単なる電車である。急行の止まらない駅は至って閑散としており、駅前でも酒を飲めるような店は少ない。よって飲み会などは必然的に吉祥寺まで足を伸ばすこととなる。理科準備室の有志による小規模な歓迎会も、自然吉祥寺で行われた。

受村君の予約してくれた店はハモニカ横町の入り組んだ路地の奥、さらにその二階に上がった所のちっちゃな飲み屋だった。狭い階段を上るとギシギシという懐かしい感じの音が響いた。

店の中はかなりぼろかったが、それがまた味になっている。階下の喧噪《けんそう》がオフボリュームで店内に流れ、なかなかに良い雰囲気の店である。大規模な歓迎会では使えない類の店だろう。こうして小さな会を企画して、こんな素敵なお店を用意してくれた受村君には深い感謝の言葉を贈りたい。

だがそんな感謝の気持ちをしっかりと踏まえた上で、受村君にはあえて抗議の言葉を贈りたい。

「なんで二人なの」

「大迫先生は明日の分掌会の準備で忙しいそうです」

分掌というのは日常では聞き慣れない言葉だと思うが、簡単に言えば先生の委員会みたいなものでいや今はそんなことはどうでもいい。

「その……有賀先生は？」

「いやぁ、有賀先生も歓迎会なら来るかと思ったんですけどねぇ。ダメでしたね、やっぱり」

「やっぱり？」

「そのですねぇ、有賀先生って飲み会とか一度も顔出したことないんですよ。まぁ仕事柄しょうがないとは思うんですけどねぇ」

「仕事柄って、俺達と同じだろう。先生なんだから」

「いえ違うんです。有賀先生は寮の管理人も兼任してるんですよ」

受村君による有賀先生の解説Ｂパートを聞いたところ、有賀先生は学院内にある寮の管理責任者なのだという。週の何日かは寮に顔を出して雑事をこなし、そのまま寮の管理人室に泊まることも多いのだそうだ。言うなれば半住み込みの教員という事らしい。

「寮の管理は、ある程度は生徒に任せているんですけどね。それでもやっぱり上の責任者は必要ですから。そんな立場にある先生が飲んで帰るってのは、生徒に示しが付かないと思ってるんでしょうねぇ。有賀先生はほんと真面目だから」

「え、じゃあなに、有賀先生は飲み会には絶対来てくれないってこと？」

「絶対とは言いませんが。少なくとも僕が居る四年の間は一回も来てません」

　俺はがっかりした。

「そんなあからさまにがっかりした顔しないでくださいよ」

　受村君が頬を膨らませる。可愛い。もう少し二十六歳男子らしいリアクションを求めたい。

「まぁ今日のところは僕と男同士の親睦を深めようじゃないですか。熱い教育論を交わしましょう。あ、学校の事とかも何でも聞いてください。歳《とし》は僕のが下ですけど、この学校に関しては先輩ですからね。さぁ、何か聞きたいことはありませんか？」

「海ってなんだろうね」

受村君は眉間に皺《しわ》を寄せながら悩み始めてしまった。俺は酎ハイの追加を頼みつつ、鳥スモークをいただく。この燻製《くんせい》はなかなかいける。

うずらの卵の方もいいなと思っていると、受村君がハッと顔を上げた。

「伊藤先生、海って生物の範囲じゃないですか？　僕より先生の専門では」

「海は生きてないだろう」

「いやまぁそうですけど……。かといって物理の範囲かと言われますと」

「そういう専門の垣根に囚《とら》われていては、科学の本質を見誤るよ受村君。俺の生物も有賀先生の化学とは密接な関係にあるし、君の物理だって大迫先生の地学とは切っても切れない関係だろう？」

「カテゴライズに悪意を感じるなぁ……」

まぁまぁと鳥スモークを勧めると、これ美味《おい》しいんですよーとすぐに機嫌を直した。彼とは上手《うま》くやっていけそうだ。

「あ、ほうほう」と燻製を頬張りながら行儀悪く話す受村君。多分そうそうと言ったのだろう。

「僕からも伊藤先生に聞こうと思ってた事があったんですよ」

「彼女ならいないけど」

「僕はいますよ」

受村君の彼女を想像する。彼氏がこんなに可愛いと彼女も大変だろうなぁと思う。

「そうじゃなくて。聞きたいのは生物の話です」

「あぁなるほど。まぁそんなに突っ込んだ話じゃなければ。俺も学期が始まるまでに一通り復習しようと思ってたとこだから」

「いえ、勉強の事じゃなくってですね。もっと大くくりな話なんですよ。前の生物の先生にも聞いたんですけどね。伊藤先生の意見も聞きたいなぁと」

「何？　よくわかんないな。どういう話？」

「うぅん、僕もよくはわかってないんですけどねぇ」

受村君が腕組みをしながら首を捻《ひね》る。ええとですね、としばらく言葉を探ってから、意気込んでテーブルに身を乗り出して、彼は言った。

「この学校に、永遠の命を持った生徒がいるらしいんですよ」

俺はキョトンとした。

彼はいったい何を言っているんだろうか。

「永遠の命？」

「永遠の命です」

「なにそれ。どんな話？」

「話、というほどの話がある訳じゃないんですが……」受村君が再び首を捻って続ける。「〝藤凰学院には、永遠の命を持つ生徒がいる〟。これだけなんです。うちの学校の生徒達の間に、この一文だけが連綿と語り継がれているんですよ」

「ふむ……」

俺は燻製をつまみながら考える。

「つまりは学校の七不思議みたいなものか」

「そうですね。他に六つあるのかどうか知りませんけど」

「しかしトイレの花子さんだって、もうちょっと詳しい話があるもんだけどなぁ。トイレから出てきて生徒を引きずり込むとかさ。その永遠の命の生徒ってのは、いったい何をするわけ？」

「それは永遠の命の生徒ですから……永遠に留年するんじゃないですかね」

「受け持ちたくないな……。留年させるにしたって限度があるだろう。なに、その怪談って結構昔からあるの？　あんまり何年も居座ってるようなら退学だよ、その子」

「ええと、僕は有賀先生から聞いたんです。有賀先生は自分が生徒の頃にはもうあったって言ってましたね。かなり息の長い噂《うわさ》なんじゃないかなぁ」

頭の中で計算する。有賀先生は今二十七歳だから、生徒の頃といえば少なくとも九年以上前になる。九年前から留年している生徒は間違いなく退学だろう。学校は何をやっているのだろうか。

しかし流行廃《はやりすた》りの激しい学校という場所で、そんな短文の噂がよく消えずに残っているものだと思う。シンプルな方が残り易いんだろうか。

それでですね、と受村君が続ける。

「僕が前の生物の先生にも聞いたのは、永遠の命なんて本当にあるのかって事なんですよ、伊藤先生」

「無いよ。当たり前じゃない」

「まぁそうですよねぇ……」

「永遠の命の生徒ねぇ」

俺は言葉を反芻《はんすう》しながら想像を巡らせた。

永遠の命。

不死。

「じゃあ例えば。例えばですけど」と受村君が再び身を乗り出す。「もし永遠の命の生徒が実在するとしたら、どんなものだと思います？」

「なかなか難しい問題だな」俺は考えながら話す。「まず最初に、命の定義から入らないといけない。だけど、これが一番難しい」

「命の定義、ですか」

「生命とは何か。これは生物学の最終命題でもある。もちろん現時点での便宜上の定義は存在するけど。それだって全然完璧じゃあない」

「今の定義ってなんですか？」

「一般的な定義は次の三つを全て備えていることだ。〝外界と自己を隔離する境界を有する〟・〝自己を複製する能力を有する〟・〝境界の外から物質を取り込み代謝する能力を有する〟この三つを持っているものを一般的に生物と定義している」

　受村君がふむふむと熱心に相槌《あいづち》を打つ。

「といっても、この定義だってかなり感覚的なものなんだ。例えば分子生物学の領域に踏み込んでいくと、三つの条件はだんだん曖昧になってしまう。どこまでが分子で、どこからが生物か。どこまでが自己でどこからが外界か。分子のレベルまで拡大してしまったら、〝ここ〟という明確なライン引きは出来なくなる」

「物質と生命の境界、ですか」

「定義が時代と共に変わるのはしょうがないんだけど」

俺はうずらの卵を一つ摘《つま》み上《あ》げた。調理されてしまった卵はもう増殖も代謝もしない。残されているのは変成した蛋白質《たんぱくしつ》の境界だけだ。

「まぁそういった学術的な定義は置いておくにしても。その〝永遠の命の生徒〟というのが何をもって命と言っているのか。それが一つのポイントにはなるな」

「なるほどなるほど」

受村君は目を輝かせて聞いている。なかなか熱心な生徒である。俺は話を続ける。

「で、そういった前提を踏まえつつ。不死の生物なんてものが実際にいるのかって話だけど。実はいくつかいる」

「え、いるんですか？　でもさっきいないって」

「そりゃ不死の人間なんてのはいないよ。不死の生物ってこと。例えば……そうだな、まず単細胞生物がある。単細胞生物は分裂で次々増える。そしてそれぞれが全く同じ遺伝情報を持ってる。つまりコピーだ。これは一つの不死の体現といえるな」

「つまり〝永遠の命の生徒〟は単細胞生物ですか？」

「だとしたら少なくとも美少女じゃなさそうだ」

生徒というからには多分人間くらいのサイズなんだろうが、その大きさになる単細胞生物は粘菌の変形体くらいである。変形菌類が制服を着て校内をうろついているなら、もうちょっと噂が立ってもよさそうなものだ。だからきっと単細胞生物ではないのだろう。

「まぁコピーは多細胞生物でもできるんだが」

「あれですよね。クローン人間ですよね」

「そうそう。つまり永遠の命の生徒ってのは学校で作られたクローン人間なんだ。何年か毎に同じ顔の生徒が現れる、みたいな感じ」

「それは熱いですね……かっこいい」

「かっこいいかなぁ……。まぁこのパターンの場合、ネックになるのは記憶のコピーだろうな。というか獲得形質全般のコピー」

「獲得形質ってなんですか」

「生まれた後に獲得したもの。つまり後天的な変化だよ。鍛えた筋肉とか、悪くなった目なんかもまぁそうかな。広義に捉えれば記憶も獲得形質と言える。クローン人間は遺伝子的には完全に同一だけど、先天的な物しかコピーできていない。後天的な変化は何も引き継げないわけだ。まぁ記憶が引き継げないんじゃ、クローンと言ったって全くの別人だしな。永遠の命というには、ちょっと甘い気がするよ」

「マモーは記憶がコピーされてましたもんね」

「学校の地下に巨大な脳が浮かんでるなら可能だ」

「熱いですね」

確かにそれはちょっと熱いと俺も思う。

「他はどうですか先生、他は」

盛り上がってくる受村君。俺もちょっとノッてきていた。

「他にはえぇと、老化しないパターンとか。正常な細胞は細胞分裂の回数に制限があるんだけど、その制限を超えて分裂できれば老化を食い止められたり、長寿になったり出来るかもしれない」

「それはまさに不老不死ですね」

「といってもなぁ。細胞ってのは寿命がある状態が正常だからね。不死になった細胞の代表は癌《がん》だよ。癌細胞。どうして癌細胞が無限に分裂できるのか。理由は簡単、壊れてるからだ。分裂回数のメーターだけじゃなくて、色んなところが壊れてる」

「癌かぁ……朝永振一郎《ともながしんいちろう》博士も癌でした」受村君は関係ない話をした。

「つまりだ受村君、永遠の命を持つ生徒とは」

「とは」

「全身が癌化した生徒だ」

「怖っ！」

「全身が癌化した生徒を捜すんだ」

「いやです！　僕は絶対に捜さないですよ！　怖い！」

受村君が本気の抵抗を見せる。まぁわざわざ捜さなくても居るならすぐに解るだろう。そして病院行きだろう。多分手遅れだが。

「あと特異な例だと」俺はカクテルのお代わりを頼みつつ説明する。「ベニクラゲってのがいるよ」

「ベニクラゲ？」

「五ミリくらいのちっちゃいクラゲなんだけど。ベニクラゲは幼生期をポリプという形態で過ごして、それから成長してクラゲ型になる。育ったクラゲは雄雌で交配して子供を産む」

「別に普通じゃないですか」

「特異なのはその後だ。ベニクラゲは、親になったクラゲがまたポリプに戻ることができるんだ。そしてそれがまたクラゲになり、またポリプに戻ることができる。理屈上は、何度でも繰り返すことができるそうだ」

「不老不死だ！」

「正確に言えば〝若返り〟だな。子供に戻ってまた大人になる。そういうことができる生物もいるって話」

「その理論で行くと、永遠の命の生徒は〝若返りを繰り返す生徒〟ってことですね。良いじゃないですか。全身が癌化した生徒よりずっと良い。きっと可愛いですよ」

受村君は根拠の無いことを言った。

「しかし若返るって言っても、まさか一学年ずつ下がっていく訳じゃないだろうしなぁ。きっと高三で卒業して、若返ってまた幼稚園から入り直すんだろう」

「子供を産んでからでも若返れるなら、人数もどんどん増えますね」

「少子化の歯止めにはなるかもしれないが……」

しかし高三まで育ててもまた幼稚園児に戻るような連中である。働きもせずに青春だけを謳歌《おうか》し続けるなどというズルは許されない。永遠の命を持つ生徒は即刻労働に従事すべきだ。

「ま、若返りはクラゲくらい単純な構造の生き物じゃないと難しいと思うよ。人間の細胞は分化が激しいから。若返って再び成長するなんてのは難事だ」

「クラゲ説もダメですかー」

「ぱっと思いつくのはこれくらいかな。結論として、生物学的観点からは〝永遠の命の生徒〟が存在するとは言い難い」

「そうですかぁ……つまんないなぁ」

「実在したって困るだろう」

「困りますけど、居ないよりは居た方が面白いでしょ」

伊藤先生も見つけたら教えてくださいね、と受村君は言った。まるでツチノコである。でもまぁ実在するならば、俺も話くらいはしてみたいなと思った。

九時を過ぎた頃に我々は店を出た。少し早い気もしたので、この後なにかあるの？と聞いてみると、受村君は苦笑いをしながらちょっと……と言葉を濁した。多分彼女だろう。それならあまり付き合わせるのも悪い。俺達はそのまま吉祥寺の駅で別れた。


帰りの井の頭線の中で、俺はこれからの事を考えていた。

新任初年度なので担任を持たされることは多分無いと思う。ベテランの先生ならあり得る話だが、自分はまだぺーぺーである。受験生以外のクラスの、副担任辺りに収まるのが妥当な所だろう。

そのクラスに、永遠の命を持つ生徒は居るだろうか。

もし居たら、教材用の切片を作らせてもらえないだろうかと思った。

Ⅱ. 人命

1

廊下の窓から見える桜は、もう半分ほどが緑に変わっている。

四月半ばである。

新しい職場での生活は順調で円滑だった。いや円滑どころの話ではない。その滑らかさたるや実はこの学校は真空なのではないかと勘違いしてしまうほどで、最初に与えられた力だけで宇宙の果てまで等速直線運動しそうな天文学的レベルのスムーズさだった。

要因は多岐に亘《わた》る。まず同僚の先生方がとても親切で優しい事。生徒達が新任の自分を慕ってくれてとても可愛らしい事。理科準備室の標本の山を漁《あさ》るのがとても楽しい事等々、数えていけば枚挙に暇《いとま》がない。

だが、あえて一つだけ挙げるとすれば。

それは俺が、有賀先生の担任クラスである高等部二年A組の副担任に選ばれた事に他ならないだろう。

副担任を任される事自体は予想していたが。まさか有賀先生のクラスとは思わなかった。理科準備室同士で相談し易いだろうという理由での配置である。まさに天の配剤と言える。

担任と副担任。

教員の経験がない方にはやはり伝わり辛《づら》いかもしれないが、担任と副担任というのはもう夫婦と言い換えても差し支えない程の密接した関係なのだ。クラスに関する様々な場面で打ち合わせを行うため、共に過ごす時間が必然的に長くなる。

そうでなくとも俺と有賀先生は理科準備室で机を並べる同士。つまり学校にいる間は片時も離れないと言っても過言ではない。いや流石に過言だが。とにかく、他の先生方よりも緊密な関係なのは間違いないのである。

そういった訳で、この半月の間に俺と有賀先生の仲は急速に接近していった。やっと世間話が出来るようになったくらいじゃないですか、と受村君は軽口を叩《たた》いたが、有賀先生と気さくに世間話が出来る教員がこの学校に何人居ようか。六十人ぐらいだろうか。いや人数の問題ではない。とにかく打ち解けた事が重要なのだ。

かくいう今日も、有賀先生との体育祭の打ち合わせが控えている。先日聞いた話では、有賀先生は運動が苦手だという。俺もそんなに得意ではない。小さな共通点に運命的なものを感じなくもない。

図書館に行っておまじないの本でも見てくるべきか。そんな事を考えながら理科準備室に戻ってくると、部屋の前に一人の女生徒が立っていた。

「天名《あまな》」

声をかけると、彼女は顔を上げた。

「すまん、待たせたか」

「あ、いえ……大丈夫です〜……」

かすれるような声でそう答えて、彼女は再び俯《うつむ》いた。この子はあまり人の目を見ようとしない。

理科準備室に入ると有賀先生も受村君も居なかった。ドードーは居た。たまには出かけてくれればいいのにと思う。

俺は自分の椅子に座り、天名に受村君の椅子を勧めた。

天名珠《たま》は転入生である。

彼女はこの春、藤凰学院に転入してきた。高等部二年A組、つまり有賀先生と俺が受け持っているクラスの生徒だ。

父親は商社社員。母親は専業主婦。兄弟は無し。自宅は久我山《くがやま》二丁目。徒歩でも通える距離だが通学は自転車を使っている。なぜこんなに詳しいのかといえば別に彼女のストーカーだからではなく、入学時に提出される家庭調査書にみんな書いてあるからだ。

少し内気だが至って普通の子である。外見も特筆するような所はなく、髪は染めておらず、スカートも短《みじ》か過ぎず、レンズの大きな眼鏡が唯一のトレードマークになっている。背が低めなので、知らなければ中学生と間違えそうになるが、れっきとした高校二年生だ。

実は彼女は、俺がこの学校で初めて見た生徒でもある。そう、赴任してきた初日に、俯いてすれ違った生徒がこの天名珠だ。あの日は多分、転入後の事務手続きに来ていたのだろう。

そんな転入生の天名が、なぜ副担任の俺のところに来ているのかといえば。

「それで、どうだ？　天名」俯き加減の天名に声をかける。

「は、はい」彼女は顔を少しだけ上げた。

「友達できたか」

「あ、いえ……まだ～……」

「……そうか」

天名は再び俯いた。

気まずい沈黙が流れた。

俺は先週から、彼女のある相談に乗っている。

本人の言うところによると、どうやら彼女は二年A組のクラスメイトとうまく馴染めないらしく、転入してからこっち、新しい友達が出来ないのだという。そうして先週、彼女は副担任の俺に「友達が欲しいんです」と相談してきたのだった。

天名の話を聞いた俺は、クラスの様子を注意して眺めてみた。A組の生徒達はみんなわりかし陽気で、いじめや仲間外れがあるようには見えなかった。それどころか、むしろ転校生の天名に積極的に話しかけている生徒が多かったように思う。そうしてしばらく観察してみた結果、俺は一つの結論に至った。どうやら彼女が浮いている原因は、クラスよりもむしろ天名本人にあるようなのだ。俺の目には、彼女自身がみんなとの間に壁を作っているように見えた。

なので俺は、こうして天名に直接アプローチすることにした。言うなればカウンセリングの真似事《まねごと》である。理科準備室で天名と話すのは今日でもう三回目になる。

もちろん俺は専門のカウンセラーではないので、やろうとしてもそうそう上手く出来る訳ではない。一回目・二回目の時は、俺はなんとか彼女の心を開こうと盛んに話しかけた。最初は相槌くらいしか返さなかった天名も、次第に話題に乗ってくれるようになった。その点は確かな前進だった。

だが俺が「友達」というキーワードを口にすると、彼女は途端に口数少なになり、沈痛な表情で俯いてしまった。友達が欲しいという相談なのに、友達の話になると喋《しゃべ》らなくなってしまうのだ。その度に俺は別な話題を振って彼女の気持ちが回復するのを待った。回復した頃合いを見てまた友達の話をすると、彼女はまた俯いてしまう。

結局過去二回の相談では、天名の首を定期的に上下させることしかできなかった。

だが、それでも光明はある。

まず何より、天名自身が今の事態を問題だと思っている。そしてそれを解決するために、副担任の俺のところに自ら相談に来てくれている。これはとても大切な事である。悩み解決に一番必要なのは、「悩みを解決したい」という本人の意思に他ならない。それがあるならば、もう悩みの七割は解決したも同然なのだ。

と言ってはみたが、目の前の天名は依然として俯いている。さて今日はどんな話をしたものかと話題を模索していると、なんと天名の方が、あの……と遠慮がちに口を開いた。

「あの先生、すみません……」

「うん？」

「そのぅ～……先生もお忙しいのに頻繁に来てしまって……」

「別に忙しくないよ。つまんないこと気にするな」

「いえ、でも申し訳ないなぁと思いまして……それで今日は、お礼を持ってきたんです～……」

「お礼？」

言うと天名は脇に置いてあった自分の鞄《かばん》を取り上げて、中を漁り始めた。

しかしお礼とは。気を遣い過ぎだと思う。こういう苦労性な辺りは彼女の性格なのだろう。

まぁでも正直に言えば嬉《うれ》しくないわけではない。多分お菓子とかだろう。手作りかどうかまでは判らないが、何にしろ女生徒というのはやはり可愛いものである。

微笑ましい気持ちで待っていると、天名は鞄の中から横長の封筒を取り出して、それを差し出した。俺は受け取って口を開けた。

中身は五千円分のビール券だった。

「よろしければ……」

「よろしくはないな……」

丁重に封筒を返す。天名は困惑している。

「あの、お気に召しませんでしたかぁ……？」

「いやそういう事じゃなくてだな……。生徒から金券なんかもらえるか」

天名は、あぁ〜……と呟くと再び俯いてしまった。

「すみません……あの、私、空気読めなくて……」

空気を読む読まないの問題でもない気がしたが、ここで彼女を責めてもしょうがない。それはお父さんにあげなさいと言うと、彼女はしょんぼりしながら封筒をしまった。

「あ、あの、先生」

「うん？」

「ＯＬはお好きですか……？」

やはり空気を読む読まないの問題かもしれない。

「なんでそれを聞く」

「それはその……家の近所の本屋さんに、ＯＬさんが着用したという下着が付録になった雑誌が売っていたので～……」

「いいか、天名。よく聞け。絶対に買ってくるな」

天名は再びしょんぼりして俯いた。大分ずれた子だ。このずれを是正することが必要なのだろうか。それはとても難しい仕事のように思う。

「なぁ天名」俺は気を取り直して言った。「お礼をしてくれようという気持ちはとても嬉しい。だがな、気持ちを示すのにビール券とかそういう即物的な品物はよくない。逆にビジネスライクな関係だという印象を与えてしまうだろ。例えばお前、行《ゆき》とかに教科書を借りても、お礼に金券を返したりするか？」

行成海《なるみ》は同じく二年A組の生徒で、天名の隣に座っている子だ。性格はにぎやかで明るく、天名に話しかけている場面もちょいちょいと見かけた。

「あぁ～……そうですね～……。オユキさんにビール券を渡したりしたら怒られちゃいますもんねぇ……」

「未成年だからじゃないぞ」

天名は何も答えなかったが、一瞬肩がビクリとした。やはり勘違いしていたらしい。

「オユキさんて言うのは、行のあだ名なのか」

そうです〜、と天名が言う。俺はなんだ、と思った。あだ名で呼び合うなんて、割と仲良くやっているんじゃないか。

「行とはもう友達みたいなもんじゃないのか？」

俺がそう聞くと、彼女は苦笑して目をそらした。

今のはつまり……行とは友達ではないという意味なのだろうか……。

やはり俺には、この子の方が壁を作っているように思えた。

「あのぅ〜……」

「うん？」

「実はその、今日お礼を持ってきたのは、これまでのお礼というだけじゃあないんです〜……。そのー、伊藤先生にお願いがありましてぇ……」

天名はもじもじしたりビクビクしたりしながら言った。

「なんだよ、言ってみろ。無茶な事じゃなければいいよ」

と俺が答えたその時、不意に準備室の扉が開いた。開けたのは受村君だった。

それに気付いた天名は慌てて立ち上がった。鞄を拾い上げて踵《きびす》を返《かえ》す。石の下に居るのを見つけられた虫のような動きだった。お願いというのはあまり他人に聞かれたくない話なのだろうか。

また来ます〜……とかすれるような声で言い残して、彼女は準備室を出ていった。

2

「なんだったんですか？　今の」

受村君がお菓子を食べながら聞いてくる。彼の机の上にある大きな缶には、大量のお菓子が常備されている。俺はブルボンの懐かしいお菓子を一つもらった。

「うちのクラスの生徒なんだけど。なんかお願いがあるとかで。でも結局聞けず仕舞いだ」

「確か転入生の子ですよね」

自分のクラスでも無いのによく見ている受村君。

「お願いってなんでしょうねえ。めんどくさい事じゃないと良いですね」

「他人事《ひとごと》だと思って……」

「あと考えられるパターンとしては」受村君が俺を指差す。「先生の事が好きか」

「なんでそうなるの」

「赴任したての頃はモテるんですよ」

「へぇ。受村君もモテたの？」

「そりゃもう。僕が赴任したての頃は、よく背中に広末涼子と書かれた紙を貼られたりしたもんです。当時は嫌がらせとしか思えなかったですけど、今となってはあれも愛情表現の一種だったんだなぁって解ります」

好きな先生の背中に広末涼子と書いた紙を貼るという因習がこの地域にはあるらしい。多分俺には関係のない文化だろう。

「いや、天名とはクラスのことで相談に乗ってるだけだ。そんな色っぽい話じゃないと思うよ」

「わかりませんよー。その天名って子は先生が好きで、相談事があるフリをしてるだけかもしれないじゃないですか。この部屋に来るための口実なのかも」

「ないない」

「きっとそうですって。有賀先生にも聞いてみてくださいよ。女の子の気持ちは女性に聞くのが一番ですよ」

ふむ、と頷く。しかし有賀先生はまだ戻っていない。先生の席に目をやるとドードーと目が合った。そう言えば体育祭の打ち合わせもあるのを思い出す。夕方くらいにどこかで、とアバウトに決めていただけなので、有賀先生の戻り待ちだ。

「多分寮の方に居ると思いますよ」と受村君。「春先は新寮生も入ってくるんで忙しいですからね」

「そういえば、まだ寮って行ったことないな」

「暇なら行ってみたらどうですか？　きちんと準備して行けば、寮も怖くないですよ」

「準備って……しないで行くとどうなるの」

「襲われます」

3

高等部の寮は学院の西の端、敷地の角にあった。

寮は他の校舎と同じ茶色の煉瓦で作られていて、相当に年季の入った建物だった。壁にはツタが生い茂っており、なんとも怪しい雰囲気を醸し出している。

入り口にかけられた木製の看板には、かっこいい筆文字で「藤凰学院學鳳寮《がくほうりょう》」と書かれている。その横には小さな字で「メゾン・ド・フェニックス」と落書きされていた。

開放された入り口から中に入る。玄関の左右には下駄箱《げたばこ》があり、正面には二ヶ月分の予定を書き込める黒板があった。そこにはもう体育祭などの予定が書き込まれていた。

来客用のスリッパに履き替えて寮内に上がったところで俺ははたと気付く。そういえば、寮のどこに有賀先生が居るのかを俺は知らないのだった。

案内図でもないのかと見回すと、下駄箱の脇にある白いプラスチック板が目に入る。よく見れば、印刷がかすれて消えかけた案内板だった。

有賀先生が居そうなのは管理人室辺りだと思うのだが、ほとんどの文字が消えていて、どの部屋がそうなのかさっぱり判らない。かといって適当に回ってみるというわけにも行かない。なにせここは女子寮である。受村君は野犬に気を付けてくださいと言っていた。出会ってしまったら心に傷を負わされるという。人間は訓練された犬には絶対に勝てないと昔何かで読んだ。いや野犬は訓練されてはいないだろうけど。

どうしたものかと途方に暮れていたその時。

「ありゃん」

というよく解らない声が後ろから聞こえた。

振り返るとジャージ姿の女生徒が立っていた。俺はこの子を知っている。

「行」

居たのは行成海だった。

そういえばこの子も寮生だったか。

行はショートカットにジャージ姿でまさに運動部といった外見である。いや本当に運動部なのかは知らないが。動き回るのは得意そうな子ではある。

「なにやってるのです、先生」

「いやちょっと、有賀先生に用があって」

「ははぁ。聞かなかったことにした方が良いですか」

「妙な気の回し方をするな」

じゃあ聞いたことにしておきます、と慇懃《いんぎん》に訂正する行。やっぱり聞かなかったことにしてもらえば良かった気がした。

「行は部活か？」

「わたし茶道部」

「じゃあなんでジャージを」

「普段着です」

「普段着か……」

何となくがっかりする。いや、それは自宅である寮の中でまでお洒落《しゃれ》しろとは言わないが。ただやはり男としては、女の子が家ではずっとジャージなどという実態はあまり知りたくないものである。

「なんですか先生その反応は」

「いや別に何でもない」

「ジャージの何がいけないんですか。可愛いじゃないですか、うちのジャージ」

そう言って行はくるりと回って見せた。その仕草は女の子らしくてとても可愛らしい。だが非常に残念な事に、背中にガムテープで作った文字で〝丸焼〟と書かれていた。

「行……お前、いじめに遭ってたりしないか」

「遭ってませんよ。何言ってんですか先生」

「いや、背中」

「あーこれですか」と再び回る行。「もうすぐ寮の新歓なんで。毎年恒例のバーベキュー大会なんですよ」

「なんでバーベキューだと背中に丸焼きと書くんだ」

「え、なんでって……焼くから……あれ……焼く？　丸焼き……？　丸焼かれるのはわたし……？」

あまり深く考えてはいなかったらしい。

「なんか怖いから丸焼きは剝がしとけ」

「うん……怖いね……これ怖いよね……はがそう……」

暗くなってしまった。

テンションの移り変わりの激しい子だ。

「そうだ、行」俺はここに来た用事を思い出す。「有賀先生がどこにいるか知らないか？」

「ありゃ、先生ってば知らないで来たの？」

「その通り。寮に来るのも初めてだ」

「初めてなんだ。初めてかぁ。初めて……」

「どうして何度も言う」

「わかりました。このわたしに任せなさい」

行はこっちですと歩き出す。俺は後ろをついていった。

電気の点《つ》いていない廊下は、一応外の光が入ってきてはいるが、それでも大分薄暗い。階段を二階に上がる。外から見たよりも中の方が一段広いように感じる。

二階も一階と同様に薄暗く、細長い廊下が延びていた。廊下の片側には木製の扉がずらりと並ぶ。行が上がり口のスイッチを入れると、ピン、ピンという音をたてて蛍光灯が点《とも》った。

「あの部屋です」

彼女が指差した扉には〝1〟としか書かれていなかった。管理人室のプレートらしき物も無い。並んでいる他の扉と区別するものはその番号しかなく、教えられなければ絶対に辿《たど》り着《つ》けなかっただろうと思う。

俺は扉をノックした。

返事はない。

「いないのか?」

「寝てるのかも。ありりん、たまに居眠りしてるんで。多分鍵開いてますよ」

そう言うと行はノブに手をかけて、勝手に扉を開けた。

「お、おい」

「ほら居た」

言われて俺は、つい中を覗《のぞ》いてしまう。

中は質素な部屋だった。思っていたよりも広い。部屋の中央には脚の低いテーブルが置いてあり、周りには二段ベッドが二つある。だが有賀先生が見当たらない。どこだ。それに管理人室なのになぜベッドがたくさん、と気付いたときには背中を力一杯押されて部屋の中に押し込まれていた。

「うわぁっ」

「はははは。ひっかかった、ひっかかったわね！　ええと………先生！」

「名前を覚えろよ……」

「ふふ……そんな減らず口がいつまで持ちますかね」

行は後ろ手にドアを閉めると、ぺろりと舌なめずりをした。

「お、お前、一体何を」

彼女は不敵な笑みを浮かべると、あらぬ方向を向いて「ほほほ。ほほほ。ほほほ」と三回笑った。

「お前、頭が……」

「失礼な。先生、大人なのに知らないんですか？　初物を食べる時は東に向かって三回笑うんです」

「俺は寮に来たのが初めてなだけだ」

という正当な抗議を無視した行は、なぜか手術前の外科医のようなポーズでじわじわと寄って来た。

「待て、ストップだ行。いいか、落ち着いて聞きなさい。お前がやろうとしている事はな、軽はずみにしてはいけない事なんだ。もっと大切にすべき事なんだぞ。お前はまだ若いんだから、本当に好きな人とだな」

「好きです」

「名前も知らないくせに……」

「先生が好きなんじゃなくて、初物が好きなんです」

「最低だ……」

教え子を最低と罵ってみたが、行の歩みは止まらない。俺は貞操とかせっかくの再就職とか色々な意味で絶体絶命だった。こんな事になるのなら受村君が勧めてくれたヌンチャクを素直に借りてくるべきだったのか。いや生徒をヌンチャクで攻撃したらそれはそれで免職だ。どっちにしろ免職ならまだ生徒との禁断の愛に身をやつした方がと半ば諦めかけていたその時、ココンと部屋の扉がノックされた。

「警察!? いや、来るのが早過ぎる……」

訝《いぶか》しむ行。確かに早過ぎる。まだ事件も起きてないのに。

行の応対を待たずに扉は開かれた。そこに居たのは有賀先生だった。

「行ちゃん」

「キュアァリガ！」

「先生を呼び捨てにしない」

「敬称は付けました」

キュアは敬称ではない。現国の先生は何を教えているのだろうか。

「ていうかありりん先生、どうしてここが判ったのですか。早くないですか」

「貴方《あなた》、初物を食べようとしていたでしょう」

「なんでそれを！」

下にまで笑い声が聞こえました、と呆《あき》れ顔《がお》の有賀先生。どうやら行が初物を食べようとしたのはこれが初めてでは無いらしい。いやカツオだとか新ジャガだったらいくらでも食べてくれていいのだが。

有賀先生がふぅとため息をついて、こちらに視線を向ける。俺は非常にいたたまれない気分で釈明した。

「あの。違うんです」

何が違うのか自分でもよく解らないが。とにかく違うのだ。何もかもが。

有賀先生は再びため息をついた。

「何があったのかは大体解ります。行ちゃんの悪ふざけは今に始まった事ではありませんから」

ほっと胸を撫《な》で下《お》ろす。変な誤解は与えていないようだ。

「ですが」

「はい」

「先生も男性なのですから気を付けていただかないと……。生徒達は若い先生をからかう機会を常に探っているんです。気を抜いたら簡単に手玉に取られてしまいますよ」

「そうですよ」

「行ちゃん黙ってて」

「黙りません」

「どうして」

「え、どうしてって……その……つまり……体制への反逆……？」

深くは考えていなかったらしい。

とりあえず、と有賀先生が気を取り直す。

「伊藤先生は私の所にこられたんですよね？　管理人室は入り口の左側です」

「あ、はい、行きます」

「行ちゃんはバーベキューに必要な物をまとめておいてね」

「肉と火です」

もう少し綿密にと言って有賀先生は部屋を出た。自分もいそいそと後に続く。行は「肉と火です、殿」と呟いている。隠密《おんみつ》だった。現国の先生は何を教えているのだろうか。

扉を閉める前に、俺はふと思い出して行を呼んだ。

「なんです、殿」

「お前、天名とはよく話すか？」

「天名……あ、たまちゃん」

たまちゃん。そういえば天名は珠という名前だったか。

「たまちゃんが何か？」

「や、転入生だから一応気になってな。ちゃんとやってるかなと。馴染んでる？」

「馴染んではないですねぇ」

行はさらりと言った。

いや実際に馴染んではいないのだろうが。隣の席の行にこうもはっきり断言されてしまうというのも、なかなか辛《つら》いものがある。

「D組の識別《しきべつ》さんとかF組の可愛《かあい》さんくらい馴染んでないですね」

「馴染んでないやつが多いな……」

「六クラスもあるんですから普通だと思います」

けろりとした顔で言う行。

「まぁでも面白い子ですし。すぐに友達も出来るんじゃないかなー」

行は他人事のように言った。この言いっぷりだと、やはり行の方も天名の事を友達だとは認識していないのだろう。たまちゃん、オユキさんなどと呼び合う仲のくせに友達じゃないとは。子供達の社会というのはなかなか繊細で複雑である。

しかしまさかここで行に、天名の友達になってくれなどと頼む訳にもいかない。それは相当空気が読めていない真似であることくらい、子供を卒業して八年経つ俺にだって解る。

俺は軽く礼を言って、行の部屋を後にした。

4

有賀先生が寝泊まりしているという管理人室には、残念ながら入れてもらえなかった。「もう自宅みたいになっていますので……」と有賀先生は照れながら言った。結局体育祭の打ち合わせは、寮の中の談話室で行った。

仕事の話を終えてから、俺は天名の件を有賀先生に相談してみた。と言うかそもそも彼女は有賀先生のクラスの生徒でもある。

「そうですか……天名さんが伊藤先生の所に」

「いやまぁ有賀先生の代わりだと思いますけどね。先生が忙しそうだったから、暇そうにしてる副担任の俺に来たんでしょう」

「子供はそんなにでたらめではありませんよ。考え無しにやっているように見えて、頭の中ではきちんと計画が立っていたりするものです」

「そうですかねぇ……」

「天名さんだって、素直に考えたら同性の私のところに来るのが普通だと思いますよ。女同士の方が悩みも打ち明けやすいですから。なのにわざわざ男性の伊藤先生に相談したのなら、やっぱり何か理由があるんでしょう。例えば」

「俺のことが好きってのは無いですよ」

あら、と口に手を当てる有賀先生。しかし彼女は微笑んで、でも男性は案外こういうことに鈍いから、と言った。有賀先生に見透かすような目で諭されると、本当に自分が鈍くて気付いていないだけのような気がしてしまう。

しかし生徒に惚《ほ》れられても困る。たとえ今高三だったとしても、二十八の俺とは歳が十も離れている。天名は二年なので十一差である。それはあまりにも非現実的な数字だ。

「現実的なのはやっぱり一、二歳差ぐらいですよね」

俺はピンガーの意を込めて、有賀先生に話を振ってみた。

「あら、伊藤先生は思ったより守備範囲が狭いんですね」

「有賀先生は、年が離れてても平気ですか？」

「私も昔は同年代の方が良いと思っていましたけれど。でもこの歳になると、もう相手が幾つでもそんなに変わらないかなって思うようになりましたよ」

この歳と言うが、有賀先生はまだ二十七である。恋愛で達観するにはちと早い気がする。是非もう一度同年代に目を向けていただきたいものだ。

ちなみに有賀先生今お相手は、とは聞けなかった。世間話レベルの俺にはまだハードルの高い話題だ。

打ち合わせを終えて、俺は寮を出た。

校舎への道すがらで、天名の事を思い返す。

俺に対して恋愛感情があるかどうかはともかくとして。行の話を聞く限り、彼女がクラスに馴染めていないのは事実のようだ。彼女とはもう少し踏み込んで話す必要があるかもしれない。

5

その機会はすぐに訪れた。

翌日の放課後。天名は再び理科準備室にやってきた。彼女が来た時、部屋にはやはり俺しかいなかった。もしかして誰も居ないタイミングを見計らって来ているのだろうか。流石にそれはちょっと人見知りが過ぎるとも思うが。

昨日と同じように受村君の椅子に座る天名。

俺は彼女の言葉を待った。多分昨日言いそびれたお願いの話に来たのだろう。

しかしお願いとはいったい何なのだろうか。まさか本当に俺の事が好きで、突然キスを迫ってきたりするわけでもないだろうが。もしそうだったらどうやって断ろうか。と、どうしようもない事を考えていると、天名が顔を上げて、意を決した表情で俺を見た。

「先生……」

「うん」

「毎度馬鹿馬鹿しいお噺《はなし》を一つ……」

「うん？」

「掘り出し物を探してうろうろしている古道具屋がおりました〜。ある日その男が茶店に入ると、店の猫が皿でご飯を食べています。ですがよく見ればその皿は、高麗《こうらい》伝来の梅鉢という三百両はする品ではないですか。どうやら店の主人はそれを知らない様子。古道具屋は考えました。「親父《おやじ》、この猫はなかなか器量好しだな〜」「へぇどうも〜」「気に入った。俺に三両で譲ってくれねぇかぁ」「三両ですか。そいつは大金だぁ」「どうだいどうだい」「すぐに頂けるんでしたら」「よっしゃあ、決まりだな。ほら三両」「こいつぁどうも〜。じゃあ猫を持ってっておくんなせぇ」「おっとそうだ。ついでにその皿も付けてくれ。なじみの皿じゃねぇと猫も機嫌を損ねるだろうからなぁ」「そいつぁ駄目です〜。これは高麗の梅鉢っちゅう三百両はする皿なんでぇ」古道具屋は驚きました。「ちょっと待てぇ、何でそんな大事な皿で猫に飯を食わせるんだい」男はこう答えたのです。「こうしておくと、たまに猫が三両で売れますんで」お後がよろしいようでぇ〜……」

天名は座ったまま深々と頭を下げた。

そして頭を上げて、恐る恐る言う。

「……あの…………すいません……私、やっぱり空気……」

まさかこの状態で空気が読めているなどとは嘘《うそ》でも言えなかった。

無言の肯定を受けて天名はがくりと項垂《うなだ》れる。

「なぜ、突然落語を」

「そのぉ……先生にお礼をと考えた時に、金券も下着も駄目となると、もう芸をお見せするくらいしかないと思いまして～……」

ずれている。

かなり根本的な所からずれている。

「いいか天名。まずお礼の事は忘れろ」

「え、でも……」

「まずはお前のお願いとやらを先に聞かせてくれ。お礼うんぬんはその後の話だ。それにだな、生徒が先生に頼み事をするのにお礼とかは要らないんだ」

「で、でも……とても面倒なお願いですよ～……？」

一瞬うっと思ったが、とりあえず聞かないことには何も始まらない。俺は、いいから言ってみろと彼女を促した。

天名はしばらく考えてから、おどおどとしつつも、重い口を開いた。

「そのぅ……捜し物を手伝ってほしいんです〜……」

「捜し物？」

うん？　と思う。様々な面倒事を想像していたので、少しすかされたような感じだった。しかし捜し物とは。それはあまり副担任に頼む事ではない気がするが。どちらかといえば用務員さんに頼むべき事だろう。

「何か無くしたのか？」

「あ、あの、正確に言うと物じゃないんですけど。伊藤先生は、ご存じですか？」

「何を？」

天名が身を乗り出して口元に手を添えた。内緒話のポーズである。俺も釣られて耳を近づけた。天名は、普段よりもさらに小さな声で言った。

「この学校に、永遠の命を持った生徒がいるそうなんですよ〜」

体を起こす。

俺は目を丸くした。

「なんだって？」

そう聞き返しはしたが、俺は一言漏らさず聞き取っていた。

永遠の命を持った生徒。

彼女は今、確かにそう言った。

二週間前の事を思い出す。受村君と吉祥寺で飲んだ夜、俺は彼からその話を聞いたのだ。だが、それから今日までそんな怪談めいた話を二度聞くこともなく、永遠の命を持つ生徒の事などすっかり忘れてしまっていたのだが。

「いや……」俺は怪訝《けげん》な顔で答えた。「それって、噂だろう？」

天名の目がぴくりと反応する。

「伊藤先生、知ってるんですか？」

「あ、や。俺も受村先生に聞いただけだよ。〝藤凰学院には永遠の命を持った生徒がいる〟。昔からある噂話だってさ。どこにでもあるような学校の怪談だろう？」

「私もオユキさんに聞いたんです……。オユキさんも同じ事を言っていました。話は聞いたことがあっても、見たことはないって……」

「そりゃなぁ」

見たって方がよっぽどおかしな話だ。

「なぁ天名」

「は、はい」

「お前、なんで永遠の命の生徒を捜してるんだ？」

俺は素直に聞いた。そもそも彼女の相談事は、クラスに馴染めないという話だったはずなのだが。

「あ、あの、私……」天名は俯いたまま、呟くようなか細い声で言った。「その子と、友達になりたいんです〜……」

「……友達？」

「は、はい。私、その子とだったら、友達になれそうな気がするんです〜……」

彼女は下を向いたままで、恥ずかしそうに笑った。

俺は正直戸惑っていた。

この子の言っている事はそれこそ、トイレの花子さんと友達になりたいというような話である。相手が小学一年生なら夢を壊さないように適当な作り話をして誤魔化すだろう。相手が小学四年生ならトイレで遊ぶなよと諭してやるだろう。だが天名は残念ながら高校二年生である。そして俺ももう二十八だ。「花子さんを捜すのを手伝ってください」「よし手伝うよ」と言うには、彼女も俺も大人に成り過ぎていた。

「お前はその……」

俺は言葉を探りながら話した。

「永遠の命の生徒なんて、本当に居ると思っているのか？」

「そのぉ～……正直に言いますと、私も完全に信じているわけじゃないんです……でも、伊藤先生」天名が顔を上げる。「火の無い所に煙は立たないとも言います～……」

天名は、この子にしては珍しい、意志のこもった瞳で俺を見た。一秒でまたすぐにそらしてしまったが。しかしその目は少し気になった。

噂だ、実在しない、と一笑に付してしまったら、もうこの子の心は閉じてしまうような気がした。かといって、手伝うよと快諾するのにも依然として抵抗はある。

「あのだな、天名。俺も前に受村先生とその話をしたんだけどな……」

俺は引き続き説得を試みた。

とその時、準備室のもう一つのドアが不意にノックされた。理科準備室には二つの入り口がある。一つは廊下側の引き戸。もう一つは隣の理科実験室と繋がっている通用口のドアだ。

その実験室側のドアを開けて生徒が顔を覗かせた。見覚えがある顔なので多分二年生だろう。手にはモップを持っている。そうか、今は掃除の時間だったか。

「ああ、終わったのか」

俺はその子に鍵はこちらでかけておくから終わりにしていいぞと伝えた。

そして再び天名と向きあう。

「なんだったか。ああ、そうそう。俺も受村先生と永遠の命の生徒の話をしたんだよ。で、その時も色々可能性を考えてみたんだが、やっぱり現実的に考えると、永遠の命の生徒っていうのは」

と、そこまで言ったところで、俺は天名の視線があらぬ方を向いている事に気付いた。目線の先を追うと、モップを持った女生徒が扉を開けたまま、まだそこに立っていた。

「どうかしたのか？」

俺はその、髪を二つ結びにした生徒に聞いた。

「伊藤先生」

「うん」

「教育者ともあろう者が人の噂話とは、あまり感心しないな」

二つ結びの生徒は、ニタリと笑った。

6

俺は初め、この子が何を言っているのか解らなかった。彼女の言葉の意味に先に気付いたのは天名の方だった。

「貴方は……？」天名が腰を浮かせる。

「二－D、識別組子《しきべつくみこ》」

名前を聞いて、俺は記憶を手繰る。二年ならば授業で見かけた事があるはずだ。確かに顔は知っているし、識別という名前にも覚えがあった。出席簿を見て、珍しい名前だなと思ったのを記憶している。

識別は印象的なつり目をした女の子だった。大きな瞳が無遠慮に俺達を見つめる。頭の後ろの方で二つに分けた髪が長く垂れていた。

彼女は値踏みするような目でこちらを観察してから、もう一度ニタリと笑った。

「固まられても困る。今、私の話をしていたんだろう？」

そこで俺は、彼女の言葉の意味にようやく気付いた。

さっきまで俺達がしていた話。

それはつまり。

「あ、あの……」天名が恐る恐る口を開く。「貴方が永遠の命を持った生徒なんですか？」

「そうだよ」

識別組子は、簡単に答えた。

「私に何か用事があるんじゃないのかい？　あるなら早くしてくれよ。この後、買出しに行かなきゃいけないんでね」

「買出し？」俺は聞き返す。

「寮の新歓だよ、伊藤先生。バーベキュー大会さ。やるのは明日だけどね。先に炭やら何やらの道具を用意しておかないといけないんだ。で、君」

識別は天名に顔を向けた。

「私に何か御用かな？」

「そ、ええ、ええと、その………そ、の～……」

天名はしどろもどろになっていた。今まさに捜していた人物が突然目の前に現れたのだから無理もない。ましてやそれは、自称永遠の命を持つ生徒である。

「あの、しょ……」

「しょ？」

「証拠とかありますか？」

俺は少し驚いた。気弱なくせになかなか大胆な事を言うやつである。

だが言っていることは至極真っ当だ。突然永遠の命だと言われても、信じるに足る根拠がない。まずはそれを確認したいと思うのは当然だろう。俺と天名は、揃って識別組子の顔を見た。

だが識別組子はキョトンとした顔をしていた。

そして皮肉めいた笑みを浮かべると、これはこれは、と話し出した。

「なんだい君達は？　随分と上からの物言いじゃないか。永遠の命の証拠を見せろとは。ええと、君は天名さんだね？」

「わ、私の事を知っているんですか……？」

「A組の転入生だろう？　行君からちらりと聞いているよ。ああ、私も寮生なんでね。で、天名さん。君は今、証拠を見せろと言ったね。だがよく考えてみてほしい。私はね、自分が永遠の命を持っている事を君に信じてもらう必要なんて全く無いんだよ。たまたま話が聞こえてしまったから、なんとなく声をかけただけなんだからさ。言ってしまえば何の用事も無いんだよ。こちらからはね。むしろ君の方に用事がありそうだから、私は善意で話しかけているんだ。なのに君は証拠を見せろと言う。善意に満ちた私といえども流石にそこまで慈善家じゃあない。信じないならそれで良いよ。不都合は一切無い。まぁ信じないのが普通かな。伊藤先生の方は全く信じていないみたいだしね」

識別はこちらを見て、またニタリと笑った。俺は顔を取り繕う。信じていないと表情に出ていたのだろうか。

「信じる方がおかしいだろう」

俺は努めて平静に答えた。

「仮にも俺は生物の教師なんだ。永遠の命を持った人間なんて存在しない、としか言えない。本当だというなら、俺だって証拠を見たいもんだ」

「そうだね。その反応は正しい。証拠を出せというのは素晴らしく真っ当で正しい理屈だよ。だがね、私の言い分も当然ながら正しい。貴方達に証拠を見せる理由は無い。そして正論同士が言い争って最も正しい一つの答えを導き出す必要が、今は無い」

識別は片手にモップを持ったまま、楽しそうに話す。

「さて、用事が無いようなら私は行くよ。ああ、そうだ。一応言っておこう。私が永遠の命の生徒だって事は、あまり気軽には広めないでほしいな。絶対に誰にも言うな、とまでは言わないけれど。噂を聞いた人間に興味本位で話しかけてこられても面倒なんでね。いや、それだけならまだしも。見ず知らずの人から嘘吐《うそつ》きだ虚言癖だと中傷されるのはとても不本意だし不愉快だ。だからこの話は、基本オフレコでお願いしておくよ。私の話を信じる信じないに拘《かか》わらずね。じゃあ、さよなら」

識別がくるりと踵を返す。

「し、識別さんっ」

天名が慌てて呼び止めた。これまで聞いた中で一番大きな声だった。

「なんだい？」識別が立ち止まって振り返る。

見れば、天名の握りしめた手が震えていた。

彼女は声を振り絞るように、言った。

「ベッシーって呼んでもいいですかっ……」

「だめだ」

即答して識別は部屋から出ていった。

残された天名が立ち尽くす。

「なんだったんだ、あいつは……」俺は怪訝な顔で呟いた。「あれか、俺達の話を聞いて即興で思いついた冗談か」

天名は俺の問いかけに答えずに、識別が出ていったドアをキラキラした瞳でじっと見つめていた。

7

教師という仕事は、なにげに残業が多い。子供という不確定要素の化身が毎日思いも寄らぬアクシデントを引き起こしてくれるからだ。

今日は体育祭の作業分担表をまとめてしまおうと思っていた。しかし運動部の生徒が部活中に誤って怪我《けが》をしてしまい、病院の手配などでバタバタとしているうちに夜になってしまった。駅の時計を見ればもう十時を回っている。この時間でも井の頭線はぎゅうぎゅうに混んでいた。

俺のアパートは藤凰学院のある三鷹台《みたかだい》から五つ目の駅にある。五つくらいなら満員電車にも耐えられなくはないのだが、距離が近いので自転車通勤に切り替えようかと検討している。ママチャリでも問題無い程度の距離だが、ロードバイクというやつにも一度乗ってみたいと思う。

晩ご飯のコンビニ弁当をぶら下げながらの帰路、俺は今日出会った生徒の事を考えていた。

二年D組、識別組子。

自称・永遠の命を持つ生徒。

準備室で彼女と会った後、俺はD組の担任の先生に声をかけて、彼女の家庭調査書を見せてもらった。

識別組子は学院の奨学生だった。奨学生というのは、藤凰学院の伝統である身寄りのない子供の受け入れ制度で入学した生徒のことを言う。彼女は幼稚部からの奨学生で、小さな頃からずっと校内の寮住まいなのだという。つまり今年で藤凰学院在籍十三年目の、大御所の生徒であった。

また彼女が非常に成績優秀だという話も聞いた。一年の時には学年三番以内を常にキープしていて、一位になった事も多いという。勉強は特別できる子らしい。

しかし識別について判った事はそれくらいだった。家庭調査書にも成績表にも「永遠の命を持つ生徒」などとは書かれていなかった。何らかの特異体質や、持病を持っているような記述も無い。生年月日の欄には、十七年前の日付が普通に記載されていた。書類を見る限りでは、識別組子は十七歳の、全く普通の女子高生だった。

少し考えてみる。

〝永遠の命の生徒の噂〟は、有賀先生が学院の生徒だった頃からあったという。二十七歳の有賀先生が高校三年だったのが九年前。つまり噂は、最低でも九年前には存在していたことになる。九年前だと識別組子は八歳だ。小学部に在籍していた頃だろう。とするとあの噂は、識別が幼稚部か小学部だった頃に生まれたものなのだろうか。その当時に、噂が立つような何らかの事件があったのだろうか。彼女の不死性が垣間見《かいまみ》えるような出来事が。

とそこまで考えて、俺は馬鹿らしくなった。不死性だって。漫画じゃあるまいし。カッターで付けた切り傷がみるみる治っていくとでも言うのか。そんな事が現実に有り得ない事は、生物教師の俺が一番よく知っている。

頭が現実世界に戻ってきた所で、アパートに帰り着く。

コンビニ弁当を外界から取り込んで、代謝しながら、俺は眠りについた。

8

翌日、生徒達は目に見えて浮き足立っていた。

正確には一部の生徒、つまり寮生だけが浮き足立っていた。理由はもちろん、今夜行われる新歓バーベキュー大会のためだろう。

寮生は授業が終わるや否やジャージに着替えて校内を走り回っている。段ボールを何個も抱えて走る者。色取り取りのリボンを体中に巻いている者。ガムテープを幾つも腕に通してジョジョに出てきた何とかの試練みたいになっている者もいる。女性の合格者はまだ居なかったはずだ。頑張ってほしいものである。

そんな騒がしい風景を準備室の窓から眺めていると、有賀先生が部屋に入ってきた。有賀先生はかなり使い込まれた白衣に身を包んでいた。「バタバタする時はこれが便利なんです」と彼女は照れながら言った。知的美人の有賀先生に白衣が加わると、これが割と大変な事になる。ちょっと扇情的過ぎるかもしれない。男子の居ない学校で本当に良かったと思う。

「伊藤先生もいらっしゃいますか？　今晩のバーベキュー」

「え？　いいんですか？」

「先生が来ると普通はみんな嫌がるんですけど。でも若い先生だけは別です。伊藤先生は新任ですし、きっとみんな喜ぶと思いますので。よろしければ……」

「じゃあ、お言葉に甘えて」

「お酒は出ませんよ」

有賀先生が微笑んで言う。一緒に飲めないのは残念だが、食事が出来るだけでも充分である。こういった数少ないチャンスは頑張って生かしていきたい。

「じゃあじゃあ、僕も行っても良いですか」

受村君が喋った。居たらしい。空気を読めと蹴り飛ばしたいところだったが、有賀先生は笑顔で承諾してしまった。お肉だお肉だとはしゃぐ受村君。タマネギばかり押し付けようと決意する俺。

そうだ、寮といえば。

「有賀先生、識別組子という生徒を知っていますか？」

「ええ、知ってますよ。寮生の子です。成績は抜群なんですが、ちょっと変わった子ですね。識別さんが、どうかしましたか？」

「ああいや、昨日ちょっとですね……」

とそこまで言ってから、口止めされていることを思い出す。危ない。昨日の今日でいきなり喋ってしまうというのは流石に口が軽過ぎる。

「ちょっとその子と、永遠の命の生徒について話したもんで。ほら、例の噂話です」

俺は事実を濁して続けた。識別の事だと言わなければ多分問題ないだろう。

「永遠の命！」受村君が食い付いてくる。「どんな話です？　学校のどこかで見たとかですか？」

「いいや。その識別って子も噂を知ってたってだけさ。真新しい話は何もなかったよ」

「なんだぁ……」

「その噂も息が長いですね」と有賀先生。「何か新しい話が足されているわけでもないのに、ずっとずっと受け継がれていますよ」

「よくできた話ってことですかね」

「ええ。実際、とても魅力的な噂じゃないですか？　特に〝生徒〟っていうところが。だって永遠の命の生徒は、社会に出ないままで、ずっとずっと学校に居られるんでしょう？　大人なら誰しも憧れるような、夢のある作り話じゃありませんか」

「やっぱり作り話ですよねぇ……」

俺がそう言うと、有賀先生はキョトンとした顔をした。

「生物の先生が何をおっしゃってるんですか。永遠の命なんて存在するわけないでしょう？」

当たり前の事を諭されて、俺は気恥ずかしくなった。彼女の隣のドードーまでもが俺を馬鹿にしているように見える。いやあいつは普段から人を馬鹿にしたような顔をしているのだが。

永遠の命なんてものは存在しない。そのことを、ドードーはこの場の誰よりもよく知っていた。

9

バーベキューは夕方六時半から始まった。

高等部の寮である學鳳寮の隣には、中等部の寮・太才《たいさい》寮が建っている。二つの寮の間にはちょっとした広場があり、新歓バーベキューはそこで行われた。両サイドの寮の屋根には大きな照明が備えられているので、広場は夜間でも使用可能だ。

太才寮の壁には横断幕が張られ、「頑張れ先輩！」という大きな手書きの文字が躍っていた。中等部から高等部に進学した先輩に向けての、後輩からの温かいエールである。対する學鳳寮側の横断幕には「ひれふせ」と書かれていた。残念ながら先輩の方が馬鹿そうに見えた。

実を言えば俺も、受村君ほどではないにしろ肉が食えるのを楽しみにしていた。一人暮らしだと焼き肉なんぞとんと無縁になってしまう。折角招待されたのだから、ありがたくお相伴に与《あず》かろう。そう思って、腹を空かせてバーベキュー場にやってきた。

だが現実は厳しかった。

バーベキューの会場には肉食獣系女子が大量に解き放たれていた。もちろん肉もたくさん用意されていたのだが、なにしろ相手は獣である。加減というものが無い。そんな野獣の群れが鼻を鳴らしながらコンロの間を跋扈している。明らかなオーバーキルだった。

俺は動物達のレーダー網にかからないトウモロコシを寂しく食べていた。受村君はピーマンが取れなかったと落ち込んでいる。自然の脅威の前に人間は無力だ。

二人で野菜を分け合っていると、あらセンセ、と声をかけられた。肉で溢《あふ》れる皿を持ったうらやましい生徒は行成海だった。

「伊藤先生、ベジタリアンでしたっけ」

「不本意ながらな」

「お肉取ってきてあげましょか?」

「本当か」

皿と箸を渡すと、行はコンロのエリアに向かっていった。野獣の隙間を流れるように抜ける行。まるで日本舞踊のような流麗なステップだ。さすが茶道部である。

一分ほどして帰ってきた行が差し出したのはにんにくだった。

「ごめんなさい、にんにくしか無かったです」

「いや……ありがとう。助かる」

俺はにんにくの丸焼きを半泣きの受村君と分け合った。

隣で無遠慮に肉をもぐつく行が、あ、と声を上げる。

「たまちゃんだ」

顔を上げると、コンロの周りを所在なげにさまよう天名の姿が見えた。行が手を振ると、天名もこちらに気付いてトトトトと寄ってくる。

「オユキさん～……」

「たまちゃーん」

きゃっきゃとはしゃぎ合う二人。傍《はた》から見れば仲の良い友達にしか見えないのだが。本人達にするとこれでも友達ではないのだろうか。十代の感性が失われて久しい俺には判別がつかなかった。

「なんだ、お前も来てたのか」俺は天名に話しかける。「これって寮生じゃなくても来ていいのか？」

「私が誘ったんです」と行。「寮生以外も結構混じってますよ。点呼とかしないですから」

「あれ……伊藤先生、もしかしてベジタリアンですか？」

「心ならずもな」

「あ、じゃあ……私がお肉取ってきましょうか～……」

「本当か」

皿と箸を渡すと、天名はコンロのエリアに向かっていった。その足取りは非常に頼りない。あれでコンロ周辺の激戦に耐えられるのだろうか。

一分ほどして帰ってきた天名が差し出したのは學鳳寮と書かれたスタンプ台だった。

「すみません……朱肉しか無かったです……。あの……私、本当に空気が読めなくて……」

「いや……ありがとう。助かる」

俺はスタンプ台を受け取り、そのまま受村君に押し付けた。受村君は何で僕が、としぶしぶ返しに行った。行は悔しそうに「その手が……」と呟いている。張り合う所ではない。

「あ、そうだ……」天名が言う。「伊藤先生、ベッシーを見ませんでしたか？」

「いや見てないよ」

そうですか～……と俯く天名。駄目だと言われたのにベッシーで行くつもりのようだ。識別に嫌われなければいいのだが。

「ベッシーってなに？　別紙の格好良い表現？」首を傾《かし》げる行。そんなに格好良くない上に意味が通じなくなっている。良いこと無しだった。

「識別さんの事です～……」

「あー、組子さんならその辺にいると思うけど。でももしかすると部屋かもしれないなぁ。たまちゃん、一緒に捜しに行く？」

「は、はい、お願いします～……」

そう言って二人は連れ立って激戦区の方に歩いていった。

やはりこうして見ていると、あいつらは友達同士にしか見えない。仮に今は違うのだとしても、放っておけばすぐに友達になりそうなものだ。

天名が永遠の命の生徒と友達になりたいなどと言い出した時は焦ったが、どうもそんなに心配しなくてもよさそうな気がする。元来子供なんてのは、何もしなくても勝手に仲良くなるものなのだ。俺が余計な手をかけずとも時間が解決してくれる類の問題だったのだろう。この分なら天名のカウンセリングも適当なところで打ち切って大丈夫そうだ。

さて生徒の心配が解消されたなら、次は自分の心配である。子供は勝手に仲良くなるんだろうが、大人の場合そうはいかない。大人同士が仲良くなるには努力、そう努力が必要なのだ。

幸いな事に今は受村君がスタンプ返却の旅に出ている。このタイミングをおいて有賀先生に話しかけるチャンスは無い。

俺はバーベキュー広場を回りながら、有賀先生の姿を捜した。会場はそんなに広くないので、人を捜すのはそれほど難しくない。ただそれも、目当ての人間が広場にいればの話である。俺は注意しながら広場を一回りしてみたが、有賀先生は見当たらなかった。途中で天名・行のコンビとすれ違ったが「木の上?」とよく分からない相談をしていた。どうやら識別も見つからないらしい。

広場に居ないとなると、寮の方だろうか。

俺はバーベキュー会場を抜けて學鳳寮に行ってみる事にした。開けっぱなしの玄関をくぐってスリッパに履き替える。

廊下から見える管理人室の小窓には、明かりが点いていなかった。

扉の前まで行ってノックする。だがやはり返事はない。

広場に居なくて寮にも居ないとすれば、後考えられるのは校外への買い出しだろうか。肉の消費速度を考えるとその可能性は高い。だとしたら広場で帰りを待つのが得策か。

そう思って寮を出ようとすると、玄関の上がり口に誰かが腰掛けていた。

ジャージ姿の識別組子は、振り返ってニタリと笑った。

10

「何してるんだ、こんなところで」

「伊藤先生が寮に入っていくのが見えたものでね。きっと有賀先生を口説きに行ったんだ、管理人室辺りで大人の話に花を咲かせようとしているんだと思って、ちょっと覗きに来たんだよ」

識別は再びニタリと笑う。これほどいやらしい笑みを浮かべられる生徒もなかなか居ない。

「ま、それは半分だけどね。もう半分は天名さんの捜索から逃れるためさ。彼女と会っても話す事は何もない。どちらかといえば伊藤先生と話した方が面白そうだと思ったのさ。まぁ座りなよ」

識別は自分の隣をぽんぽんと叩いた。俺はしょうがなく腰掛ける。

いや、正直に言えば。

俺もこの生徒に興味が無いわけでは無い。

「で、先生」

「うん？」

「私に何か聞きたい事があるかい？」

「なんだ、聞いてもいいのか」

「そうだな……一つだけなら良いよ」

「ふむ……」

玄関の天井を見上げながら考える。學鳳寮は天井もぼろい。タイルが欠けて、何カ所かは剝《は》げ落《お》ちていた。

「お前は、いつから永遠の命を持っているんだ？」

俺は思いついた質問を口にした。

すると質問を聞いた識別は、鳩《はと》が豆鉄砲を食らったような顔をして俺を見た。

「驚いたなぁ」

「何が？」

「伊藤先生。貴方は思っていたよりも馬鹿じゃないらしい」

　真顔で言う識別。なんという失礼な生徒だろうか。

「その質問はかなり核心を突いているよ、伊藤先生。永遠の命とは永遠だ。なら永遠とは何か。永遠とは無限だよ。だからこそ、その質問は核心を突いている。無限の始まりを聞くことは、無限の本質を試す事に他ならない。いや伊藤先生。貴方は頭の良い先生だ。これで高等部の理科は安心だね」

　識別は楽しそうに言って、ニコニコと俺を見た。

「お誉《ほ》めにあずかって光栄だな。それで、答えは？」

　俺がそう聞くと、彼女は再びキョトンとした顔をした。

「何を言っているんだい。教えるわけがないじゃないか」

「な」

「いやぁ伊藤先生の質問は本当に素晴らしい質問だった。それに答えたら、私の永遠の命の正体は七割方暴かれてしまうだろうね。本当に恐れ入るよ。ただね、申し訳ないんだが、私は自分の永遠の命の秘密を人に教える気はないんだ」

　識別は当たり前のような顔をして言う。

「だからその質問には絶対に答える訳にはいかないのさ。幸い、私は質問に答えるとは一言も言っていなかったしねぇ。いやぁ危なかった」

先ほどのやりとりを思い出す。確かに質問しても良いとは言ったが、質問に答えるとは言わなかった。言わなかったが……子供のような屁理屈《へりくつ》である。俺は渋い表情を浮かべた。しかし識別はどこ吹く風といった顔で続ける。

「さ、他に聞きたい事は？　ああ、もちろん何も答えないとは言わないよ。答えられる範囲でなら答えようじゃないか。約束しよう」

結局答えるかどうかはこいつの胸三寸という事らしい。これでは真面目に質問を考える方が馬鹿らしくなる。

「じゃあお前は、その永遠の命でもって何をしているわけ？」

俺は受村君との飲み会の時に疑問に思ったことをそのまま聞いた。

トイレの花子さんは人をトイレに引きずり込む。なら永遠の命を持った生徒は、永遠の人生で一体何をしているのか。

「勉強」

識別は簡単に答えた。

「勉強？」

「んふふ、何を言ってるんだい先生。私は学生だよ？　学生がやることなんて勉強に決まっているじゃないか。毎日毎日勉強さ。寝る間も惜しんで勉強しているよ」

「勉強って……一体何の勉強をしているんだ」

「全て」

「全て？」

「おや、伊藤先生。頭が良いと思ったのは気のせいだったかな？　全てといったら全てさ。世界の全て。宇宙の全て。全ての全てだよ。もちろんそれを数学だとか理科だとか細かく分類する事はできるけれど。でも、先生だって解るだろう？　私達人間が本当に知りたい事はたった一つだけ。そう、全てだよ。結局みんな、全てを知るために勉強しているのさ。そして幸いな事に、私は永遠の命を持っている。だから全てを知るまで、ずっと勉強するよ。何ヶ月も、何年も、何十年も、永遠に勉強するのさ。先生、想像してごらん。この世にこれ以上幸せな事が存在すると思うかい？」

　識別は想像してみろと簡単に言った。

　そんなものを想像できる訳がない。俺はまだ二十八年しか生きていないのだ。二十八年分の情報だけで、無限を想像しろというのは根本的に無理のある話である。そんな俺よりも更に若い十七歳の識別は、永遠の命を一体どんな風に想像しているのだろうか。

　当たり前の事だが、俺は彼女の話を微塵《みじん》も信じていない。

そもそも信じる要素がない。今の識別との会話にしても、本質的な話は全てはぐらかされている。彼女の言っている事は全部が全部、口八丁の出まかせだと思うのが道理だろう。

多分この生徒は俺をからかっているのだと思う。そういえば受村君が、赴任したての頃はモテると言っていた。多分受村君は広末涼子と背中に貼られるモテ方で、俺は永遠の命の生徒にからかわれるモテ方なのだろう。そう考えるとこっちの方が幾分マシなモテ方だと思う。

「あきれ顔というか、諦め顔だね伊藤先生」

識別が息をついて言う。

「きっと私の話がまるっきり嘘だと思っているんだろうね。本質的な話ははぐらかすばかりだ、全部が全部口八丁の出まかせだ、きっとそんなことを考えているのかな」

ご明察だったが、ご明察と言うのは踏《ふ》み止《とど》まった。流石に面と向かって生徒を嘘吐き呼ばわりするのは気が引ける。

「まぁそう言うけどな、識別」俺はこの慇懃《いんぎん》無礼《ぶれい》な生徒の扱い方を考えながら話した。「どうせお前は、永遠の命の証拠を見せてくれる訳じゃないんだ。だったら俺がなかなか信じられないのも理解してくれたって良いじゃないか。お互い様だろう？」

「まぁしょうがないか」

「そうだよ。簡単に信じられる話じゃない」

「いや、そういう意味のしょうがないではないよ、伊藤先生」

「うん？」

「しょうがないから、証拠を見せてあげると言ったのさ」

識別はそう言って、ひょいと立ち上がった。そして靴を脱いで、スリッパも履かずに寮に上がり込む。

彼女は予定表の黒板の前に立った。チョークを取る。そしてカッという音を立てて、黒板に何かを書き込んだ。

「これが証拠になるかは、ちょっと微妙だけれどね」

識別が体をどかす。

黒板の下の方に、小さな図形のようなものが描かれていた。

俺も靴を脱いで黒板に近寄る。

識別が描いたのは……図形。そう、とてもシンプルな図形だった。

だが、その図形を見た瞬間、俺の頭の中に生まれて初めて味わう感覚が生じた。

それは。

四角形と五角形の中間の図形だった。

俺は初めて見るその図形が何なのかを、直感的に理解できていた。しかし論理的には全く理解できなかった。何なのかは解る。四角形と五角形の間に入るはずの形だ。それは間違いない。問題はたった一つ。そんな図形が、果たして存在できるのか。

脳みそに直接触れられているような気味の悪い感覚に包まれる。デジャブが何十倍にも増幅したような居心地の悪さ。崖の際に立っているような不安定さ。今まで知っていた世界が変質していくような気色の悪さが、その図形を見ている間、延々と押し寄せてくる。

俺はハッとして、チョークを取った。そして識別が描いたのと同じ形を、自分も黒板に描いた。

だが描けなかった。

正確に言えば、描けてはいるが歪んでいた。

俺が真似て描いた図形には、外国人が書いたひらがなを見るような違和感が付きまとっている。知っている者だけが感じ取れる違和感。知らないはずなのに感じ取れる違和感。俺の頭の中には、この図形の完成形が存在していない。だから描けない。

「世界には、こういうものもある」

ハッと顔を向けると、彼女はもう靴を履いていた。

「それは消しておいてくれ、伊藤先生」

俺は呆然《ぼうぜん》として頷く。

「なぁ先生。貴方は、頭は悪くないのだから」

彼女はつま先をトントンと打ち鳴らすと、肩越しに振り返って、ニタリと笑った。

「もう少し勉強した方が良い」


そう言って、識別組子は寮を出て行った。

俺は黒板の図形をもう一度見た。

描かれた場所から、この世が綻んでいくようだった。

バーベキューは九時半に終了した。

俺は結局、有賀先生に会う事ができなかった。

11

朝の井の頭線は、夜に負けず劣らず混んでいる。昼は空いているという話を聞いた事はあるが、多分都市伝説だろう。これだけの人間を日中置いておける場所があるとは思えない。昼の間も電車に詰めておく以外に方法は無いはずだ。

ぎゅう詰めの車内で、俺は昨夜の事を思い出していた。

識別が描いてみせた奇妙な図形。

四角形と五角形の中間のような図形。

生まれて初めて見る形だった。あれは一体なんだったのか。それとも俺が知らないだけで、数学を専攻する人間だったら当たり前に知っているものなのだろうか。大学や院で学べば行き当たる程度の知識なのだろうか。

俺自身としては、この説を支持したかった。自分が無知なだけで、専門家ならよく知っている図形なのだと。それを識別がたまたま知っていただけなのだと思いたかった。なぜなら、その方が安心できるからだ。

だが俺の本心は、そんなつまらない説を真っ向から否定している。

図形を見た時の、あの奇妙な感覚。世界が崩れていくような不思議な感覚が忘れられない。あんなものが、その辺の本に普通に載っているなどとはとても思えなかった。この世の秘密の一端に触れたようなあの感覚は、絶対に気のせいなどではない。

車内にアナウンスが流れる。気付けば学院まであと一駅だった。

今日やるべき事を考える。とにかく識別ともう一度話がしたい。あの図形の事をもっと詳しく教えてもらいたい。

正直に言おう。

この時俺は、識別組子の永遠の命の話を二割くらい信じてしまっていた。

12

学院に辿り着くと、正門の前に生徒がたまっていた。体育の笹島《ささじま》先生が校門の前に立って、生徒達に何やら説明をしている。

俺は生徒の横を回って笹島先生に声をかけた。聞けばなんと今日は臨時休校になったのだと言う。伊藤先生はとりあえず職員室へ、と促されて、俺は正門脇の通用門から中に入った。笹島先生は登校してしまった生徒に休校の説明を続けている。

しかし休校とは。一体何事だろうか。

正門から続く並木道に生徒の姿は一つも無かった。どうやら高等部だけでなく、中等部も小学部も合わせた全校が休校になっているらしい。不安になった俺は、早足で校舎へと向かった。

高等部の校舎の周りでは、つなぎ姿の人達が忙しく動き回っていた。学校の職員ではない。何かの作業員のようだ。

「あ、先生！」

声の方を振り返ると受村君が小走りで近付いてきていた。なぜか泣きそうな顔をしている。

「大変だ、大変なんですよ、先生！」

「なにこれ、どうしたの。何があったの」

「殺人事件です」

「……殺人、事件？」

「二年D組の識別組子が殺されました。校内で首が切断された死体が見つかったんです」

Ⅲ. 革命

1

四階の廊下から、学院の塀の外を見渡した。

校門の外には、もうマスコミの姿は無かった。事件から一週間が経って、学院はやっと日常を取り戻しつつあった。

識別組子の遺体は、二つの寮から少し離れた、大講堂の裏で見つかった。大講堂の裏側には植え込みと銀杏《いちょう》の木が並び、その更に外側は学院の外周壁が取り囲んでいる。彼女の遺体はその植え込みの陰に横たわっていたらしい。また遺体のすぐそばには、彼女の切断された頭部が無造作に転がっていたという。

あのバーベキューの日。學鳳寮の玄関で別れた識別が、その後何をしていたのかを俺は知らない。識別を捜していた天名と行は、結局彼女には会えなかったと言っていた。

有賀先生に聞いた話によると、バーベキューが終了した後、大まかな片づけを終えて寮生の点呼を取った時には、識別の姿はすでに無かったという。有賀先生はその場で識別の携帯に連絡をしたが、電話は繋がらなかった。

あまり良くない事なのだが、消灯後に寮を抜け出す生徒はたまにいるらしく、識別もきっと無断外出しているのだろうと思ったそうだ。大概は先生に気付かれる前に裏口からこっそり帰ってくるという。だが識別は帰らなかった。そして翌日の朝、校内を見回っていた用務員さんによって、彼女の遺体は発見された。

俺と受村君と有賀先生の三人、つまりバーベキューに参加していた教師は、警察から細かな事情聴取を受けることになった。特に俺は識別と最後に会った人間かもしれないという事で、その時の状況を詳細に説明させられた。

俺はあの夜の出来事を一通り話した。彼女が永遠の命だと吹聴していた事も。これには流石に警察の人も眉をひそめていた。なにせ識別は永遠の命の話をした直後に殺されてしまっている。それはあまりにも皮肉な結末だった。

また刑事さんに話を聞いた所、警察は通り魔的な犯行の線を疑っていると言う。学校の中での事件なので通り魔というのもおかしな話だが、事件当日はバーベキューをやっていたので、いつもは閉まっている裏門が開放されたままになっていた。そこから外部の人間が入り込んだのではないか、と警察は考えているらしい。殺人犯が学校に侵入したというのは恐ろしい話だった。だがそれでも、内部の犯行、つまり同僚が犯人だと疑われる状況よりは少しはましかと思えた。

識別の事件はニュースになり、二、三日の間は報道陣が学校に詰めかけていた。ただ、彼女の首が切断されていた事は伏せられた。識別の保護者であった学院側の意向と、警察の捜査の都合に因るものらしいのだが、詳しい事までは判らない。報道では、死因は絞殺と発表されていた。実際に絞殺だったのかもしれないが、単なる一教師である俺に詳細な情報が届くはずもなかった。

とかく、首斬りというショッキングな事実が隠された事もあって、事件の報道はそれほど過熱しなかった。事件から四日が過ぎた頃にはワイドショーの話題からも消え、学校まで来る報道の姿も今はもう無い。生徒達もやっとインタビュアーに怯《おび》えずに登校できることだろう。

学院は平常の運営に戻る。

だが犯人は、未《いま》だ捕まっていない。

2

受村君が勧めてくれたお菓子を断って、俺は小テストの採点を続けた。自宅に持ち帰っても良かったのだが、ここで終わらせた方が荷物が減って良い。

四十人分を一気に採点して息を吐く。小テストだからと高を括《くく》って始めたが、思ったよりも時間がかかった。作業が終わったのを見た受村君が再びお菓子を勧めてくれた。だが別に腹も空いていなかったので、やんわりと断った。

「ねえ伊藤先生」

「なに？」

話しかけてきた受村君は、なんだか悲しそうな顔をしていた。何か辛い事でもあったのだろうか。

「元気出してくださいよ」

「？　誰が？」

「伊藤先生がですよ」

「うん？」

俺はキョトンとしてしまう。

自分では元気が無いなどとは全く思っていないのだが。

「何言ってるんですか。あの事件からこっち、伊藤先生本当に元気ないですよ？」

「ええ……そうかなぁ。むしろ仕事なんかはかどってるくらいなんだけど」

それは本当だ。実際今だって時間はかかったものの採点が一つ片付いた所だし、これで体育祭の準備に取りかかれる。大概においては良いペースで作業できていた。

しかし受村君は譲らない。

「まぁこういうのは自分じゃ解らないとは思いますけどねぇ……。でも、とりあえずお菓子食べてくださいよ」

「なんでそこまでお菓子を食べさせようとするの」

「食べさせようとしてるんじゃありません。前の伊藤先生なら普通に食べてましたもん。だから食べない方の伊藤先生が変なんですよ」

どういう理屈だと思ったが、俺だってそこまで頑《かたく》なにお菓子を断る理由もない。食べて受村君が満足するならと思い、俺はブルボンのお菓子の中で一番好きなルーベラをくれと頼んだ。受村君が缶を漁る。

「あ、ルーベラ無い」

「散々食べろと言っておいて無いのか……」

「僕、買ってきます！」

いやバームロールでも良いよという俺の言葉は届かなかった。勤務中にルーベラの買い付けに走る同僚の背中を見送る。仕事しろよと思う。

しばらくすると、ルーベラ仕入れ業者の代わりに有賀先生が戻ってきた。

「今、受村先生が走って学校を出ていかれましたけど」

「ルーベラを買いに行きました」

ルーベラを……と呟く有賀先生。神妙なのか呆れているのかよく判らない表情で廊下を見つめる。いや、やはり呆れているのだろう。

俺も何となく仕事を続ける気を殺《そ》がれて、窓の外を見遣《みや》った。眼下には授業の終わった生徒達が溢れている。帰る者も居れば部活に行く者も居る。

学校はいつも通りだった。

たとえ生徒が一人減っているとしても。

もちろん生徒が亡くなった事は厳粛に受け止めなければならないし、二度とこんな事が起きないようにしなければとも思う。だが、人はいつか必ず死ぬ。人間は死を避ける事は出来ない。事件にしろ事故にしろ、生徒が亡くなるという事態は有り得ない事ではない。今回の事件は起こりうる現実であると受け止めて、我々教員はこれからの事を考えなければいけない。

だが俺の頭の隅には、小さな針がずっと引っ掛かっていた。

永遠の命。

永遠の命を持つ生徒が居たら、その生徒は死なないのだろう。永遠の命とはそういうことだ。

だが識別組子は死んだ。

永遠の命を名乗った彼女は、あっさりと亡くなってしまった。

彼女は一体なんだったのだろうか。永遠の命というのは、やはり単なる虚言だったのだろうか。嘘だとしたら、なぜそんな嘘を吐いたのだろうか。そんな疑問が、識別組子が亡くなった今も頭の中をしつこく巡っていた。

永遠の命とは、一体なんなのか。

「伊藤先生」

「はい？」

振り返ると、有賀先生が笑顔でこちらを見ていた。

「週末、何かご予定はありますか？」

3

昼の井の頭線は空いていると言う都市伝説は、なんと真実であった。

本当に空いているじゃないか、朝晩のはなんなんだ、エキストラか、と思うほどに空いている。もう昼しか乗らないと決意したいところだが、こうして昼にのんびりと電車に乗っていられるのは今日が日曜だからである。

下北沢の駅で電車を降りる。

北口の階段を下っていくと、下で有賀先生が待っていた。

そして受村君は居ない。俺と有賀先生でメンバーは完結している。つまりこれはデートなのである。

説明させていただこう。有賀先生は演劇部の顧問をしていて、自身でもよく演劇を見にいくのだという。かくいう今日もひいきの劇団の公演があるそうで、俺はその観劇に誘われたのだった。

そして今日は受村君が居ない。有賀先生は受村君も当然誘うものかと思っていたが、彼がお菓子の仕入れから帰ってきても有賀先生は話をしなかった。当然ながら俺も黙っていた。つまり今回誘われたのは俺だけなのだ。この事実は繰り返しお伝えしておきたい。

時間を見ると開場までに少し間があったので、俺と有賀先生は下北沢の商店街を歩く事にした。私服の有賀先生は眩《まぶ》しかった。アップにした髪も似合う。清楚《せいそ》さの中に覗かせる大人の魅力というものだろうか。生徒にはこの色気は出せまい。所詮は子供である。

いやでも、識別組子は子供ではないのか？　という疑問が一瞬浮かんで消えた。何を言っているのだろうか。彼女は死んだのだ。だから当然永遠の命などではない。識別組子は間違いなく、十七年しか生きていない女の子だった。

「伊藤先生？」

声をかけられて、上の空になっていた事に気付く。

なんでもないですよ、と俺は微笑んだ。有賀先生も微笑みを返してくれた。俺は幸せであった。

4

二時間弱の劇はなかなかに面白かった。

大学の頃に演劇サークルの観念的で意味不明な劇を見させられて以来、演劇鑑賞は敬遠しがちだったのだが。今日のは笑いあり涙ありのエンターテイメント性に溢れた作品で、たまには劇も悪くないなと思った。

観劇を終えた我々は早めの夕食を取る事にした。『和風ダイニング　DAIDOKORO』は結局なんなのか不安になる名前の店だったが、出てきたのは至ってシンプルなパスタだった。実家で出てくるような料理という意味なのだろうか。

「いかがでした?」食事を終えた有賀先生が聞いてくる。パスタの話ではなく劇の話である。

「いや、面白かったです。劇団の劇って面白いんですねぇ。これまではちょっと敬遠してたんですけど、また来たくなりましたよ」

「じゃあ、またお誘いします」

美しい流れであった。完璧と言える。受村君には次回も奮って不参加願いたい。

「そういえば受村君は来なかったんですね。劇とか見ないタイプなんですかね、彼は」

俺は何となく聞いた。

すると有賀先生があ……と口を開いている。

「どうかしましたか？」

「あ、いえ……これ、言っても良いのかしら……」

「なんです？」

「実は……今日伊藤先生をお誘いしたのは、受村先生に頼まれたからなんですよ」

「……はい？」

「その……伊藤先生が最近元気がないから、気晴らしに連れていってくれませんかって。実は私も同じ事を思っていましたので……。識別さんの事件以来、伊藤先生は本当に元気が無かったですから。先生、あれからもうずっと仕事ばかりされていましたよね。失礼ですけど、他の事を考えないようにされていたようにも見えたので……受村先生と一緒に心配していたんです」

俺は顔を覆った。

無性に恥ずかしくなった。

自分では何も変わっていないつもりだった。だがいつの間にか、周りにこんなに心配をかけてしまっていた。まるで子供だ。お菓子を買いに走った受村君を小馬鹿にしていた事を思い出して再び顔を覆う。彼はあの時ですら俺を心配して、有賀先生に俺を励ますように頼んでいたのだ。受村君は俺なんかよりずっと大人であった。

「すいません……」

俺は有賀先生に謝った。受村君にも謝りたい気分でいっぱいだった。

「気晴らしになりました？」

「なりました。本当になりました。心配かけてすいません。明日からシャキッとします」

「シャキッとし過ぎていたから心配していたんですけど……」

「わかりました。もう少しダラッとします」

そっちの方が伊藤先生らしいですよ、と言って有賀先生は微笑んだ。有賀先生が笑った顔を見たのも久しぶりな気がした。準備室の正面に居るのだからいつでも見られるはずなのだが。どうやら今週の俺は本当に机しか見ていなかったらしい。

「でも良かった。実は私、気晴らしって言われてもどこにお連れしたら良いのか全然解らなくて……。結局自分の趣味で劇にしてしまったんですけど……」

「いや、本当に気晴らしにはなりましたよ。今日の劇は面白かったです。話も解りやすくて。あれなら中学生くらいでも普通に楽しめますね」

「ええ。本当は部活の生徒達も連れて来たいんですけどね。でも流石にお金がかかりますから……」

確かに、と俺は頷く。今日見た劇のチケットは二五〇〇円だった。高校生にはやはり少し敷居《しきい》が高いと思う。バイトでもしていないと気軽にほいほいとは来られないだろう。

「なので私が見た内容を、出来る限り生徒達にも伝えたいと思っているんです。舞台の構成や演出の機微が、演劇部の公演の時の参考になればと」

「なるほど……しかし、舞台の内容を人に話すのって難しくないですか？　なんて言えばいいのか……例えば臨場感とか、場の空気みたいなものってあるじゃないですか。そういうのって、会場じゃないと味わえないですし」

俺がそう言うと有賀先生はニコッと笑って、そんなに難しい事ではありませんよ、と言った。

「大切なのは要点なんです。何を伝えるべきか。何を伝えなくてもいいのか。それが判れば劇の内容を生徒に教えるのはそんなに難しくはありません。慣れれば教科書の内容を教えているのと変わりませんよ」

本当ですか？　と俺は聞き返す。教科書の内容を教えるのと、劇の内容を教えるのでは難易度が全く違うように思える。慣れの問題なのだろうか。

有賀先生が食べ終わったパスタの皿からフォークを取り上げて、その皿をこつんと叩く。

「難しいのはむしろ、こういうものです」

「と言うと？」

「味です。味覚というのはとても表しにくい感覚なんです。食べ物の味を人に伝えるのは本当に難しいんですよ。それに味覚自体は化学物質の受容感覚ですが、料理というのは味覚だけでなく、嗅覚・視覚・触覚の複合です。この総合的な体験を過不足無く誰かに教えるのは、一朝一夕で出来ることではありません。可能なら同じ物を食べてもらうのが一番なんですけど」

「食べたものの味を、生徒に教えるんですか？」

「ええ。寮の生徒達に美味しかったという話をしますよ。勉強を教えるのだけが教員の仕事とは思いませんから。私、教えられる事は何でも教えたいと思っていて……」

と熱く語っていた有賀先生がハッとする。

「すみません、変な話を……おかしいですよね、私」

「いや、そんな」俺は慌てて手を振った。「むしろ感心しました。俺なんか勉強を教えるのだけでも手一杯で。そうですよね、勉強だけなら塾でも出来ますよね。学校は勉強だけを教える場所じゃない。当たり前の事なんですけど。久しぶりに思い出しました」

社交辞令でなく本当に感心した。生徒に対してここまで真摯《しんし》な先生はそうそう居るものではない。同世代の教員として心底見習わねばと思う。

店員が皿を下げて、食後のコーヒーを持ってきた。香ばしい薫りを楽しむ有賀先生。何をしても画《え》になる人である。

「伊藤先生」

「はい」

「先生は、教育の限界ってお解りになりますか？」

「教育の、限界ですか？」

突拍子もない質問に面食らってしまう。

教育の限界とは、また非常に大きなテーマだ。

「限界というのはその……すいません、どういう意味ですか？」俺は聞き返した。

「伊藤先生は、生徒に、何をどこまで教えられると思いますか？」

「どこまで、ですか。そうですねぇ……」

なかなか深いテーマだと思うが、あまり真剣に考えた事はなかった。それも教師としてどうかと思うが。

「例えば……」俺は考えながら話す。「知識はいくらでも教えられると思いますけど。それをどう使うか、どう考えるかは結局本人次第ですからねぇ。特に道徳なんかは顕著だと思うんです。泥棒は駄目という事は教えられても、倫理観は本人の中で確立してもらうしかない。人に言われたからでなく、どうして泥棒が駄目なのかを自分で判断しないといけないわけで……。だから教師が教えられる事なんて、実際は微々たるものだと思いますよ俺は。本当に大切な事は、本人が自力で見つけるしか無いのかなぁと……」

なんだか格好いい事が言えたような気がする。俺も思ったより考えているんだなと自分で感心した。有賀先生も、伊藤先生は本当に生徒想《おも》いですね、と微笑んだ。ポイントがアップした感触である。

「有賀先生はどう思います？」

「私は、教育の限界は〝自分〟だと考えています」

「自分？」俺は首を捻る。「どういうことです？」

「私達は自分の事しか教えられない、という意味です。どんなに頑張っても、自分の知っている事、自分の持っているもの、自分を構成するもの、それ以上の事は一切教えられない。物理的にもそうですし、論理的にもそうです。教育の限界というのは、自分自身という境界なんです」

「自分自身という境界……」

「だから、人に物を教える時はまず自分が勉強しないといけません。自分が学ぶ事と相手に教える事は直結しているんです。インプットとアウトプットの無限の繰り返し。それが教育の本質であり、同時に教育の限界でもあるのだと、私は思います」

だから毎日勉強ですね、と有賀先生は言った。

俺は、識別組子が同じような台詞を言っていたのを思い出していた。

5

四月ももう終わりに近付いている。

今週を過ぎればゴールデンウィークの連休が始まる。連休明けは体育祭、さらにその後には中間試験が控えている。学校行事は目白押しで、あんな事件があった後といえども休んでいる暇はない。

体育倉庫でテントの数を確認する。学校に慣れていれば前年と同じ要領で済む作業なのだろうが、新任の俺は手探りで確認しながらやっていくしかない。今年だけの事とはいえ、なかなか面倒な作業だった。

数をメモって、体育倉庫を後にする。

高等部の校舎までの帰りしな、大講堂の前に差し掛かった。

この裏で識別の遺体は発見された。現場はしばらくの間、警察がかけたシートに覆われていたが、それも今は回収されてしまっている。遺体のあった場所は植え込みの土の上なので、きっと血痕なども残ってはいないだろう。事件の痕跡はもうどこにも無い。

俺は何とはなしに、事件現場の方向に目を向けた。

すると、建物の裏に向かって誰かが歩いていく姿が見えた。見慣れた制服。高等部の生徒らしい。

人影はそのまま建物の陰に入っていった。

あまりにも怪しかった。大講堂の裏側には木と植え込みしかないのだ。そこに何かの用事があるとは思えない。

俺は人影の後を追った。

大講堂の壁に張り付いて、気付かれないようにそっと裏手を覗く。

茂みの中に生徒が居るのが見える。やはり高等部の子のようだ。女生徒は下を向いてキョロキョロしながらうろついている。そこはまさに遺体発見現場の周辺である。

あからさまに怪しい。何かを探しているんだろうか。

というか……あの子は。

俺は物陰から足を踏み出した。

「天名」

下を向いていた天名がビクッとして顔を上げる。

「い、伊藤先生」

「何してるんだ、こんなところで」

「あ、の、そのぉ～……」

天名はばつが悪そうにして俯く。

「この辺りで……ベッシーが亡くなったって聞いて……」

「ああ……そうだな」

「だから、その、捜してたんです」

「何を？」

「復活の痕跡を〜……」

俺は呆れた。

「お前なぁ……キリストじゃないんだぞ」

天名は、そうですよねぇ〜……と言って、再び俯いてしまった。

6

ドードーしか居ない理科準備室に天名を招き入れる。受村君のお菓子缶からお菓子を少し拝借した。ルーベラをあげると、天名は嬉しそうに食べた。動物の餌付けをしている気分だった。

二本を食べ終えたところで、俺は聞く。

「お前、大丈夫か？」

「は、え？」

「いやその……識別のことだよ」

「あ……」

天名は沈痛な面持ちでまた俯いた。

彼女は識別と、永遠の命の生徒と友達になりたいと言っていた。そしてその願いは叶《かな》わなかった。識別組子は死んでしまったから。識別はその身をもって、自分が永遠の命でないことを証明してしまったのだ。

事件以降、天名は俺の所に一度も来ていない。

クラスでの様子を注意して見ていたが、どうやら行とは大分打ち解けたようだった。友達が一人できたならもうそんなに心配する事は無いだろうと思い、天名のカウンセリングは自然消滅してしまっていたのだが。

しかし先ほどの彼女の行動を見て、俺はまた少し心配になった。

「お前……まだ識別の事を引っ張っているのか？」

天名はすぐには答えなかった。

しばらく何かを言いたそうに口を開いたり閉じたりしていたが、それからかすれるような声を絞り出して話し始める。

「べ……ベッシーは……」

「うん」

「どうして死んじゃったんでしょうか〜……」

「どうしてって……識別は、誰かに殺されたんだよ。く……」

そこで俺は言葉を止めた。首斬りの件を話しそうになったからだ。生徒達には、この事実は伝わっていない。

「……犯人はまだ解らない。今も警察が捜査を続けてるところだ」

「で、でも……」

「うん？」

「ベッシーは永遠の命を持っていたはずじゃないですかぁ〜……」

天名は情けない顔で訴えた。聞いた俺も、きっと情けない顔になっていたことだろう。永遠の命。そんなものが本当にあるのなら、識別は死なないで済んだはずだ。はずなのだが。

「天名」

「は、はい〜……」

「お前も高校二年だ。今年で十七歳だろう。だったらもう解るはずだ。永遠の命なんてものは存在しない。まやかしだ。識別は、俺達の事をからかっただけなんだよ」

俺は天名を冷静に諭した。彼女はいい加減に、現実と正面から向き合わなければならない。識別と違って、彼女はまだ生きている。天名はこれからもずっと、現実の中で生きていかなければならない。

「識別は死んだんだ」俺は事実を繰り返した。「永遠の命なんてこの世には存在しないんだよ」

天名はがくりと項垂れた。九十度の角度で下を向いてしまった。だが、その床に向いた口から、か細い言葉が絞り出される。

「………わ、私だってぇ……本当は解っていたんですよぉ……永遠の命なんて、簡単に存在するものじゃないって……でも……でも……」

天名が九十度の首を八十五度まで上げる。

「じ、じゃあ、先生。学院の噂は一体誰のことを言っているんですかぁ～……。識別さんが偽物なら、本物が別に居るんですか……？　だ、だって、何も無いところにあんな噂がずっと残ってるなんて～……」

彼女の言いたいことは解る。噂があるなら原因も必ずあるはずだと、天名は訴えている。

だが世の中というのは、全ての出来事に納得の行く原因と結果を用意してくれるほど優しくはない。何もないところに突然怪談が生まれる事だってあるし、何の理由もなく消える事だってある。現実はフィクションとは違う。理由などなくても、何だって起きてしまうのだ。

俺はその事を、二十八年の人生の中で学んだ。だが天名はまだ十七歳だ。彼女がそれを知るのはこれからだった。

今の天名に、俺が学んできた事を伝えられるだろうか。有賀先生の話が思い出された。俺は目の前の生徒に、自分の知っている事を正しく教えられるのだろうか。

口を開こうとしたその時。

トントン、とドアがノックされた。

叩かれたのは実験室側の扉だった。俺と天名は顔を向ける。なんだかあの時と状況が似ているなと思う。識別組子が初めて現れたあの時と。

扉を開けたのは、やはり掃除中の女生徒だった。その生徒もやはりモップを持っていた。まるであの日の再現のようだった。

ただ一つだけ違ったのは、彼女が識別組子ではないことだった。二つ結びではない。つり目でもない。むしろ垂れ目だった。識別組子とは全く違う、掃除をしていただけの別の生徒。

「ああ、終わったのか」

俺はその子に鍵はこちらでかけておくから終わりにしていいぞと伝えた。そして再び天名と向きあう。何もかもがあの日と同じだった。

そして、あの日と同じように、俺は天名の視線があらぬ方を向いている事に気付く。

目線の先を追うと、モップを持った女生徒が、あの日と同じようにまだそこに立っていた。

「どうかしたのか」

俺は、少しウェーブのかかった髪の生徒に聞いた。

「伊藤先生」

「うん」

「教育者ともあろう者が人の噂話とは、あまり感心しないな。ましてや死んだ生徒の噂話だなんて、ほとほと不謹慎というものだろう。それでも教師かい？　やっぱり先生はもう少し勉強した方がいいね。それに天名さん。しつこいね君も。死んだんだから普通諦めるだろう。永遠の命のお友達が欲しいなら、プラナリアでも飼えばいいじゃないか。知っているかい？　プラナリア。なかなか可愛いものだよ。切っても切っても増えるしね。ああそうそう、切ると言えば。私の首は切断されていたらしいね」

識別組子は。

別な女生徒の顔でそう言った。

7

人目を気にしないで話せる場所が良い、という彼女の希望で俺達が集まった場所は、吉祥寺のカラオケボックスだった。

夕方の六時。彼女は私服に着替えてやってきた。天名も私服で来ている。俺は仕事を切り上げてきたのでスーツである。この組み合わせは援助交際と思われないだろうかという不安がよぎる。よぎってもどうするわけではないのだが。

ＪＲの高架沿いの裏通りにあった古いカラオケ屋に入る。年季のいったビルの四階に受付があった。外装もぼろいが内装もかなりぼろい。だがその分お客も少なそうで、人目には付きにくいだろうと思われた。吉祥寺には藤凰の学生が結構ウロついているので、不人気そうなカラオケ屋にしたのは多分正解だろう。

「ぼろいなぁ」

カラオケルームのソファに体を預けながら彼女が言う。

彼女は。

可愛求実《かあいもとみ》といった。

クラスは二年F組。識別や行と同じ寮生である。俺は授業で会った事があるはずだったが、特別目立つ生徒では無いので、あまり印象に残っていなかった。

だがこうして対面してみると、実は割と美人だという事が判る。大きな垂れ目は魅力的なポイントだし、ゆるくウェーブのかかった髪もよく似合っている。

私服の可愛は、春先のこの時期にはまだ寒そうなホットパンツで、綺麗な足を惜しげもなく晒《さら》していた。最近の子のファッションは少し扇情的過ぎるのではないかと義憤に燃える。それとは全く逆に、可愛の隣に座る天名は地味なセーターに地味なズボン姿で、露出という概念が一切無い。こっちはこっちでもうちょっとお洒落すればいいのにと思う。

俺は可愛に目の前に座られて、目のやり場に困っていた。キョロキョロと視線を泳がせる。そしてたまたま彼女の足に視線が戻ってしまった時に、可愛は大袈裟《おおげさ》なアクションで足を組んだ。ドキリとして顔を上げる。そこには、どこかで見た覚えのある目がこちらを見つめていた。

いや、目に覚えがあるのではない。目つきに覚えがあるのだ。

可愛はニタリと笑った。それもやはり、見覚えのある口だった。

理科準備室で、可愛求実はこう言った。

自分は識別組子なのだと。

可愛はコーラをちゅーと飲んでから、ニタリ笑いの口を開いた。

「二人とも元気そうだね」

「ま、待て。か……可愛」

「おや、先生」可愛がわざとらしく驚いた顔を作る。「さっき言った事をもう忘れたのかい？ わざわざ可愛なんて言い直さなくても、前と同じように識別と呼んでくれて構わないよ」

「そう呼ぶ前に、先に俺の質問に答えてくれ」

「どうぞ」

「お前は、本当に識別なのか？」

俺は直球で聞いた。まずそれを確かめなければ話にならない。

「お前が死んだ識別だなんて話、急に言われても簡単には信じられない。可愛が悪ふざけをして、死んだ識別の真似をしてるだけって方がよっぽど素直に信じられる。そうだろう？」

「何を言うんですか！」

俺は本気でびっくりした。大きな声を上げたのは、なんと天名であった。

「ベッシーですよ！　ベッシーに間違いないですよ！　ベッシーが生き返ったんです！　ベッシーは本当に永遠の命を持っていたんですよ！」

天名は目をキラキラと輝かせて捲《まく》し立《た》てた。キャラが変わっている。

「そうですよね、ベッシー」

「ベッシーは止めろと言ったはずだがね」

「あ、ご、ごめんなさい…………………………」

もの凄《すご》く小さな声でベッシーと付け加えたのを可愛は聞き漏らさなかった。睨《にら》みつけられてうぁう～……と小さくなる天名。こちらが正しいキャラである。

「ま、信じてもらえたのは嬉しいよ」と可愛。「しかし先生の方はまだまだ懐疑的だねぇ」

「だからだな……その、俺が言いたいのは」

「証拠？」

彼女はずばりと言った。俺は黙って頷く。

可愛はふむ……と言って少し考え込む。

だが十秒と経たないうちに、彼女は顔を上げて、

「無いな」

と言った。

俺は眉間にしわを寄せる。

「無いってお前、そんな……」

「いくつか証拠っぽい話をすることはできるけどね。ただ、決定的と言えるようなものは提示できないな。まぁ強いて言えば、伊藤先生と天名さんの所に行ったのが証拠の代わりだよ」

可愛が艶《なま》めかしい目で俺を見る。

「学校で私の事を知っているのは、君達二人くらいだからねぇ。生き返った挨拶くらいはしようと思って足を運んだのさ。君達以外の人の所に行っても、質の悪い冗談だと思われるだけだろうしね」

俺だって八割方は質の悪い冗談だと思っている。

だったらあと二割はどうなのかと言えば、信じているとも信じていないとも言えない微妙な心境だった。理性は完全に否定している。死んだ人間は生き返らない。それは現実を裏打ちする絶対の法則だ。

しかしその理性の一部は、目の前の生徒に搦《から》め捕《と》られそうになっている。

識別組子という余りにも特殊な女生徒。その特徴的な目つき、特徴的な雰囲気、特徴的な喋り方。それは簡単に真似できるものではないと、俺の一部は思ってしまっていた。目の前の可愛の物真似《ものまね》は、人をからかうだけにしては手が込み過ぎているように思える。

「ちょっとだけなら、信じてくれているようだね、伊藤先生も」

可愛は俺の心を見透かしたように言った。

「なんでそう思う」

「だって、わざわざこんなところまで出て来てくれているじゃないか。私が嘘を吐いていると思うなら、一笑して無視すればいいんだよ。なのに仕事を切り上げて吉祥寺くんだりまで来てくれたって事は、少なくとも半信半疑くらいの気持ちではいるんじゃないかい？」

「……一信九疑くらいだ」

「なるほど。二信八疑くらいってことだね」

さばを読んだ俺の言葉を、可愛は綺麗に見透かした。これである。俺は今までこんな生徒に一人しか会ったことがない。今のやりとりで、俺の心は三信七疑に近付きつつあった。

「まぁ先生。とりあえず八疑でも九疑でも良いんだ。今日は折角ここまで付き合ってくれたんだから、もう少しサービスしてくれないかい？　この場でくらいは、私の事を識別と呼んでくれよ。それで先生が何の損をするわけでもないだろう。私は私で気持ち良く話ができる。可愛い生徒の二生に二度のお願いだと思ってさ」

お願いの価値がかなり減退したように思うが、ここで我を張ってもしょうがない。

「……わかった、識別」俺は可愛を、識別と呼んだ。

「ありがとう、伊藤先生」

「………………」

再び睨みつけられてうぁぅ～……と縮こまる天名。正しいキャラである。

可愛、もとい識別はコーラをちゅーと飲むと、さて、と切り出した。

「そろそろ本題に入らせてもらおうかな」

「本題？」

「ああ、そんなに構えないでいいよ伊藤先生。大した話じゃない。単なる世間話さ。軽くお喋りして帰るだけだよ。先生と天名さんは付き合ってくれれば良い。何しろ、この三人でしかできない世間話なんでね」

「この三人でしかできない話って……」

「もちろん事件の話さ。私が殺された事件のね。こんな話をまともに出来るのは、私の永遠の命を知っている君達くらいなものだろう？　生き返ったはいいんだが、やっぱり自分の事件の事が気になってしまってね。首がどんな風に斬られていたのか、とかさ。警察に聞いたって教えてくれないのだろうし。だから先生と天名さん、事件について知っている事があれば、何でも良いから教えてくれないかい？」

俺は天名と顔を見合わせた。天名は目を丸くしている。きっと俺も同じような顔をしているのだろう。

「待て、待ってくれ。何かおかしい」

手で識別を制しながら頭を回す。

そして気付く。

「そうだ、何がおかしいって……お前は犯人を知ってるんじゃないのか？　だってほら……お前が殺されたんだぞ？」

俺はおかしな日本語を話していた。もちろん現国の先生のせいではない。

識別が殺されたのだから、識別は犯人を見ているはずなのだ。いや、突然後ろから殴られたりしたのなら見てないかもしれないけれど。だがそれにしても、殺害直前までは覚えているはずだ。この事件の真相に一番近いのは、殺された識別本人なのである。

俺と天名は揃って識別の顔を見た。

しかし彼女は溜《た》め息《いき》をつくと、小さく首を振った。

「残念ながら、判らないんだ」

「判らない？」

「説明させてもらうよ伊藤先生。今の私には殺された前後の記憶が無い。殺された後の記憶というのもおかしな話だが。とにかく、死ぬ前と後、しばらくの記憶がすっぽりと抜け落ちてしまっているのさ。具体的には、殺された当日の朝くらいからもう覚えていないんだ。つまり私は、寮の新歓バーベキューの日の出来事は何一つ覚えていない。私自身がバーベキューに参加したのかどうかすらね。とにかくそういうわけで。私には、私を殺した犯人が判らないんだよ。全く、永遠の命なんて肝心な時に役に立たないものだ」

そこまで説明して、彼女はまたコーラを啜《すす》る。俺と天名はまたも顔を見合わせた。

記憶の欠落。

識別は、バーベキューの日の記憶が丸々無いという。

俺はハッとする。だとしたら彼女は、寮の玄関で俺と話したことも忘れてしまっている事になる。

俺に、あの奇妙な図形を教えてくれた事も。

「まぁでも」と識別が再び話す。「殺される前の日の事はよく覚えているよ。理科準備室で、先生と天名さんに初めて会った日だね。いやぁ、あの時はまさか次の日に殺されるなんて思わなかったよ。でもあの時たまたま先生達と話をしていたから、今こうして再会できているんだしね。いやはや、人生何が起こるかわからない。長生きはするものだね」

言って識別はソファにもたれていた体を起こすと、ワクワクした顔で身を乗り出した。

「さ、二人とも肩の力を抜いて。私が殺された事件の話でもして盛り上がろうじゃないか」

8

俺と天名はバーベキューの日の出来事と、識別が死んだ後の事を一通り話した。と言っても、俺達だってそんなに多くを知っている訳ではない。情報は非常に断片的だった。

俺が識別と寮の玄関で別れたのは夜の七時半頃だった。バーベキューが終わったのが九時半頃。十時過ぎの点呼の時には、もう識別は居なかった。そして遺体が見つかったのは翌朝の早朝。つまり七時半から翌朝までの彼女の足取りは全く解らないということだ。天名も結局識別には会えていないので、彼女の足取りに関する情報はそれで打ち止めだった。

同様に、首斬りについても俺達は何の情報も持っていなかった。そもそも首が切断されていた事自体が人づてに聞いた話であって、自分で現場を見たわけでもない。当然どういう風に切断されていたのかは判らないし、凶器も不明である。

意外だったのは、天名が既に首斬りの件を知っていた事だ。生徒達には伏せられていたはずなのだが、クラスで噂が立っていると天名は言った。どこから漏れたのか知らないが、人の口に戸は立てられないという事か。

識別が死んだ後はマスコミ対応が大変だったと教えてやると「死んだ翌日くらいから記憶があるので、それは見ていた」と彼女は言った。なんで今まで名乗り出なかったのかと聞くと、私が死んだのを悲しんでいる伊藤先生を見るのが快感だった、と答えた。最悪の趣味である。

「で、犯人はまだ捕まってない、と」

識別はなるほどねぇと言って、再びソファに体を預けた。

「警察は通り魔殺人の線で追っていると言っていたよ」

「通り魔？　学校の中にかい？」

「バーベキューの時、裏門が開けっ放しだったろう？　……って覚えてないのか。荷物の運び入れがあったから、ずっと開けてたらしい。そこから誰か忍び込んだんじゃないかって」

「大胆な通り魔だねぇ」コーラをちゅーと吸う識別。「天名さんの方は、他に何かあるかな」

「え、ええと…………」

「何だい？」

「べ……ベッシーは、ベッシーって呼んでも良いって言ってました～……」

「いつ」

「ば、バーベキューの日のどこかで……」

「そうかい。覚えていないな。二度とそんな間違いが起こらないように、天名さんは今後一切私の視界に入ってこないでくれ」

すみません嘘ですぅ～……と言ってソファの陰に隠れて縮こまる天名。この子には想像力というものが無いのだろうか。現代っ子である。

「識別。教師の目の前でいじめをするな」

「いじめなんかじゃあないさ。天名さんはとても空気が読める人なんだよ。今だってこうして空気を読んで私の視界に入らないようにしてくれているし、それにこれから空気を読んで私が食べたがっているミニ羊羹《ようかん》を買いにコンビニまで行ってくれるところだよ？」

いってきますぅ〜……と部屋を出ていく天名。いじめの撲滅は急務であった。

「お金は後で払うよ。それより、先生」

「なんだ」

「折角二人きりになったのだから、二人でしかできない話をしようか」

そう言って識別は、艶めかしい目つきで俺を見た。

「……何の話だよ」

「大丈夫。今先生が想像したようないやらしい話じゃあないよ。安心してくれ」

本当にこの生徒はやりづらい。名誉のために補足しておくが、いやらしい想像などしていない。

「なぁ先生」識別は、俺の目をじっと見た。「先生は、もし私を殺した犯人に会ったら、どうする？」

「うん？」

妙な質問だった。

いや、どうするもこうするもない。

「通報するか、捕まえて警察に突き出すよ」

「なるほど」

「他にどうしろって言うんだ」

「いいや、それでいいよ。もし見つけたらそうしてくれ。じゃあ、あともう一つ質問に答えてもらえるかな？」

「なんだよ」

「伊藤先生は、私の永遠の命に興味があるかい？」

「それは……」

俺は、少しだけ考えてから答えた。

「あるよ」

「どれくらい？」

「どれくらいって……そりゃあもの凄く興味がある。何しろ永遠の命だ。学生時代から生物を勉強してきた人間としては、並々ならぬ興味があるさ。だけどお前は教えてくれないんだろう？　だったら興味があったってどうしようもない。動物や植物が相手ならともかく、人間が相手じゃ人権てものがあるからな。本人の許可無く勝手に調べたりはできないだろう」

「そうだね。勝手に調べたりしないでくれよ、伊藤先生」

「しないと言うのに……あ、そうだ」

興味と聞いて、俺は思い出した。

テーブルに備え付けられていた紙ナプキンを一枚取る。そして自分のアイスコーヒーからストローを抜くと、その滴を使って紙に絵を描いた。

滲《にじ》んだ線で描かれたそれは、余りにもいびつだった。だがたとえ鉛筆で描いたとしても、いびつ具合は似たようなものだったろうと思う。

「お前、これ解るか」

識別の前にナプキンを差し出す。

彼女はそれを見て、少しだけ驚いた表情を浮かべた。

「私から教わったのかい？」

「そうだよ。バーベキューの時にな。さっきは天名も居たから、なんとなく話しそびれたんだが……」

「なるほどねぇ」

識別が自分のコーラからストローを抜き取る。そしてナプキンに、同じようにして滴で絵を描く。

「どうやら殺された日の私は、先生の事がかなり気に入っていたらしい」

描き終わって、識別は嬉しそうに笑った。

それはコーラで書いたにも拘わらず、一切のゆがみ無く、あまりにも美しい、四角形と五角形の中間の図形だった。

9

七時半を回った頃、俺達はカラオケボックスを出た。自転車で来ていた天名とは、吉祥寺駅で別れた。

俺と識別は井の頭線に乗った。識別は学院のある三鷹台で、俺はその五つ先で降りる。

「お前、門限は大丈夫なのか？」

「寮の門限は九時だ。でも八時までに帰らないとハッチバックシステムが作動してしまうなぁ」

「なんだそれ」

「夜八時の段階で残っていた寮食は誰が食べても良いという制度だよ。八時になったらバクバク食べて良いからハッチバックシステムというんだ。七時五十分くらいになると、腹を空かした寮生のじゃんけん大会が始まる。今から帰ればぎりぎり間に合うだろうけど、じゃんけんが終わった後に帰るとひんしゅくを買うから避けたいところだね」

どうやら寮生は常に飢えているらしい。バーベキューの時のような食事風景が毎日繰り広げられているのだろうか。サバンナのような女子校である。

次は三鷹台、のアナウンスが聞こえた。識別はここで降りて寮へ戻る。

俺は、まだ彼女に聞きそびれていたことがあった。

いや聞きそびれていたと言うより。

聞き辛くて、聞きあぐねていたという方が正確かもしれない。

「なぁ、識別」

「なんだい先生」

電車がホームに滑り込む。スピードダウンしていく電車に急《せ》かされるようにして、俺は彼女に尋ねた。

「可愛は………」

「うん？」

「可愛求実はどうなったんだ？」

電車が止まり、ドアが開く。

識別は跳ねるようにホームに降りると、くるっと振り返って、こう答えた。

「ご覧の通り、ピンピンしているよ」

Ⅳ. 命題

1

井の頭自然文化園は、一言で言えば動物園である。

昭和十七年開園の由緒ある施設で、井の頭公園の西側の一角を占める。ただ、井の頭公園駅が東の端にあるため、公園駅で降りると自然文化園まで一キロ弱の道のりを歩かされる羽目になる。ご利用の際は最寄りとなる吉祥寺駅で下車されたい。

文化園入り口に辿り着くと結構な人出であった。それも当然だ。今日はゴールデンウィークの中日なのである。もう四時を回っているので、これでも人は減っているはずなのだが、まだまだ多くの家族連れで賑《にぎ》わっている。流石は連休といったところだ。

四百円を払って入場する。中は思ったよりも空いていた。園内案内板でアライグマの飼育場所を確認すると、俺は真《ま》っ直《す》ぐにそこへ向かった。

アライグマの飼育場はコンクリートで囲まれた窪地《くぼち》になっていた。あまり人気のない動物なのだろうか、眺めているお客の数は少ない。

その少ない客の中に、ぽつんとアライグマを眺める少女の姿があった。地味な後ろ姿だった。

一時間前。

家でゴロゴロと休日を満喫していたところ、突然携帯が震えた。電話を取ると『伊藤先生〜』という聞き慣れた情けない声が響いた。なんで番号を知っているのかと問い質すと、えへへと言った。誤魔化したつもりなのだろうが、恐怖を感じただけであった。さっさと切って着信拒否にしようとした時、電話の向こうからかすれたような声が届いた。『ベッシーのことでお話がぁ〜……』。

そうして俺は、井の頭自然文化園まで呼び出された。

天名は俺に気付くと、先生〜、と情けなく呼んだ。

「なんで動物園なんだ」俺は横に並んで聞く。

「それはその……生徒と密会なんて目撃されたら先生も困るでしょうから、人目に付きづらい場所が良いかと思いまして……。それで閉園間際の動物園を選んでみました……あと三十分で閉園ですから、そろそろ人が減っていきますので〜……」

なるほど。珍妙な理屈だが分からないでもない。この場所のセレクトは、天名なりに俺の立場というものを考えてくれた結果らしい。教師として、その心意気は大変ありがたいと思う。

だが『ゴールデンウィーク中開園時間延長』の立て看板を見てしまっていた俺は、そうか……と相槌を打つだけで精一杯であった。閉園まで正しくはあと一時間半である。

そんな俺から漂うしょんぼりした空気を察したのか、天名は、ほら先生アライグマですよと塀の中を指差した。アライグマは壁に向かってぴょんぴょんと飛び跳ねていた。しばらく眺めていたが延々と飛び跳ねていた。何がしたいのか解らないし、やめる気配もない。見る者を悲痛な気持ちにさせる動物だった。

「可愛いですねえ」天名は空気を読まずに言った。

「で」俺は話を切り出す。「識別の話って?」

「あ、はい……その……」

途端、天名の表情が曇った。言い辛そうに目線を泳がせる。

「あの…………なんて言えばいいか…………」

「うん」

「べ、ベッシーって……変じゃないですか〜……?」

　俺は返答に困った。

　いや、言う通り。識別は変だ。なにしろ永遠の命の生徒である。俺はそうだな、変だな、と答えた。

「あ、あの、そうじゃなくて〜……ベッシーの永遠の命って、何か変じゃないですか〜……」

「どういう事だ？」

「そ、それは……上手くは説明できないんですけど……。例えば、別な人の体で生き返るところとか〜……。あと、死んだ時の記憶が無いところも……。なんと言いますか、とにかく、変じゃないですか？　何かおかしな感じがしませんか？」

「そう言われてもなぁ……」

　俺はやはり返答に困る。

　そりゃあ別な人間の体で生き返るのは変だし、記憶の一部が消えるのも変なのは間違いない。

　しかしそもそも、死んだ人間が生き返る事が変なのだ。永遠の命自体が変なのである。それに比べたら記憶がどうの別な体がどうのという話は、そういうものだと納得するしかない部分に思えるのだが。

「あの、私、ベッシーの話を聞いてからずっと考えてて……。永遠の命ってなんだろうって。ベッシーはどうやって次の体に移ったんだろうって。でも、いくら考えても思いつかないんです～……私こういうの考えるの本当に苦手で……だから先生、助けて下さいぃ～……ベッシーは、ベッシーはどうやって可愛さんの体に乗り移ったんですかぁ～……」

天名は泣きそうな顔ですがってきた。俺は人目を気にして振りほどく。

どうやら彼女は、永遠の命のシステムについて悩んでしまっているらしかった。死人が生き返るようなオカルト現象に、理屈を求める方が間違っている気もするが。

そもそも俺は、可愛に識別の心が宿っているという事すら、まだ完全には信じていない。カラオケボックスでの話を総合しても、やっと半信半疑といったところだ。こんなオカルト話を半信もしているだけでも相当なものだと思う。

「先生は気にならないんですか～……識別さんの永遠の命の秘密がぁ～」

「いや、気になってはいるけども」

「なら考えてくださいよぉ～……」

言われて、確かにそれもそうだと思う。

永遠の命について気にはなっていたのだが、それを理論立てて考えようとはしていなかった。自分で超常現象だと割り切ってしまって、思考停止していたことに今更ながら気付く。

「と言っても、俺だってそんなにもっともらしい理屈を思いつくわけじゃないが……」

お願いします～と服の裾を引っ張る天名。

「そうだなぁ……」

俺はアライグマの塀の縁に腰掛けた。

「まず精神が別人に乗り移るっていうのが既にあり得ない。心というのは脳の神経回路の集積だ。それを死んだ後で別人に移すというのは一〇〇％無理だ。既存の方法じゃあな」

「既存の方法じゃないってことですか……？」天名が隣に腰掛ける。

「既存の方法で出来るなら、みんな永遠の命になってしまうだろう。超自然的な現象か、もしくは超科学的なシステムを用いない事には、死後に他人の体に精神を移すなんてのは不可能だよ」

「銚子《ちょうし》全摘……」

なんとなくイントネーションが気になったが、無視して続ける。

「超自然的な方法というのは科学的には実証できないこと。例えば魂を移すとか、降霊術とか、そういうオカルトの類だな。精神は脳ではなく『魂』や『霊』に宿っていると仮定して、それを移動することで精神を移す。これが可能なら、いくらでも新しい体に乗り移れるだろうさ。記憶の欠落については……ええと、殺されたショックで魂が欠けるとか？　いや破損するのかどうかなんて解らないけども……強引に理屈を付けるならそんな感じだろう」

「た、魂なんて本当にあるんですか……？」

「知らないよ……。俺だってまるっきり想像で話してるんだ。追及されてもわからんとしか言えん。まぁとにかく超自然的な方法というのはそういう事だ。もしそうでないとしたら」

「チョーカー学的な方法ですね……」

完全にイントネーションが間違っていたが、心を強くもって堪えた。

「超科学的な方法、つまり俺達の知らない凄い機械や技術を使って心を移したというパターンだ。漫画やアニメだと、ヘルメットを被《かぶ》って電気を流したりするアレだな。こっちも強引に理屈を付けるとしたら……特殊な装置で神経細胞の状態を完全に記憶して、さらに特殊な装置で別人の脳の細胞配列を書き換える。これが出来れば、死んだ人間の脳と同じ状態の脳が出来上がることになるが……」

「そ……そんな事が可能なんですか～……」

不可能である。百年後や二百年後ならともかく、現代科学では不可能だと断言するしかない。

「そ、それで……」天名がググッと顔を寄せてくる。「一体どっちなんですか？　識別さんの永遠の命は、銚子全摘な物なんですか？　それともチョーカー学的な物なんですか？」

俺はググッと引いた。

「いいや、どっちでもない。第三の可能性がある。そしてこれが一番確率が高い」

「え？　ええっ⁉　そそそれって⁉」

「第三の可能性は『可愛が、何らかの理由で死んだ識別のふりをしている』だ。これが超自然でも超科学でもなく、説明上何の不都合も無く、現在最も可能性の高い答えだ」

天名はいやぁぁ～と言って頭を抱えた。

「な、なんで……なんでそんなこと言うんですかぁ～……。夢も希望も無いじゃないですかぁ～……」

「お前が理屈を考えてくれと言ったんだろう……。最後の仮説が一番簡潔で、一番仮定が少なくて済む、現状最高の回答なんだよ」

「じゃあ、それを覆すにはどうしたらいいんですか〜……」

「まず無理だろうなぁ……。少なくとも今ある要素だけじゃ絶対に覆らない。何か新しい情報でも出てくれれば、それによってまた論理が変わるかもしれないがな」

「新しい情報、ですかぁ……でも……そんなこと言われても〜……」

天名は眉をハの字にしてふさぎ込んでしまった。

新しい情報と自分で言ってはみたが、可愛の狂言説を覆すには相当な物が出てこなければ無理だろう。例えば識別の部屋からシャーマンセットが出てきたとしても、それでは何の証拠にもならない。電球が並んだヘルメットが出てくればまだ可能性はあるが。しかしそれに電気を流しても、きっと光るだけだろう。今も昔も電球には光る機能以外備わっていない。

それに実を言えば、可愛の狂言説を補強する情報がもう一つある。

俺は復活した識別と話した翌日、F組の先生に声をかけた。そして可愛に何か変わった所は無いかと聞いてみたのである。またF組の生徒何人かにも同じように聞いてみた。

だが返答は判で押したように「いつも通り」というだけだった。

俺は可愛が元々どういう生徒だったのかを知らない。だが周りの反応を見る限り、可愛は今まで通りに普通の生活を続けているようだ。つまり識別は、完全に可愛求実としてクラスに溶け込んでいるらしい。

ここから考えられるパターンは二つ。〝生き返った識別が、可愛の真似をして暮らしている〟。もしくは〝可愛が、識別の真似をしている〟のどちらかである。

常識的に考えれば、正解は後者だ。前者には不可能な一言〝生き返る〟が入ってしまっている。後者ならば誰も生き返らなくて済むのだから。

隣では天名がまだ唸《うな》りながら頭を抱えている。彼女はどうしても前者を信じたいらしい。

「なぁ、天名」

「は、はい」天名が慌てて顔を上げる。

「なんでお前は、永遠の命の識別と友達になりたいんだ？」

「え、え？」

「いや、前から聞こうと思ってたんだ。お前は言ったよな。永遠の命の生徒と友達になりたいって。そして識別が現れた。事の真偽はともかくとして、実際に死んでしまってから生き返ってもみせた。ならもう、今の識別と友達になれば良いじゃないか。

それじゃあ駄目なのか？　永遠の命の正体が解らないままじゃあ、友達になれないって言うのか？」

俺は素直な疑問をぶつけた。

どうして彼女は、永遠の命の生徒と友達になりたがっているのだろうか。

それは、例えば思春期にありがちな自意識のせいなのだろうか。自分は人とは違うと言うような、中二病などと揶揄《やゆ》されるようなメンタリティのせいなのだろうか。それとも単にオカルト好きが高じただけなのか。はたまた純粋な興味から来るものなのか。俺は単純な疑問からそれを聞いた。

しかし天名は俯いてしまったまま、なかなか答えようとしなかった。

夕方の陽が彼女の大きな眼鏡に反射している。オレンジの光に遮られて、彼女がどんな表情をしているのかよく見えない。

「先生は……」

「うん」

「私とベッシーは友達になれると思いますか？」

なかなか答えにくい質問だった。

正直な意見を言えば、この二人はあまり気が合わないという印象を受けている。識別はあんなだし、天名もこんなだ。相性は相当悪そうに思う。

「まぁ、気が合うようならな」俺は濁して答えた。

「じゃあ、先生ならどうですか？」

「俺？」

「先生はベッシーと友達になれますか？」

それは……どうだろうか。

あいつはかなり難儀な性格である。個人的には、ああいうタイプとはこれまで友達になったことがない。しかし覚悟を決めてしばらく付き合っていけば、仲良くなれない事も無いのか……？

「解らない」俺は素直に答える。「もう少し時間をかけて話してみないと何とも言えないな。しばらく付き合ってみて、それで気が合うようだったら友達になれると思うよ」

「で、でも先生………ベッシーは、永遠の命を持ってるんですよ？」

「うん？」

「ベッシーは永遠の命の生徒で、先生は普通の人間です……。言い換えたら、ベ、ッ、シ、ー、は、人、間、じゃ、な、い、ん、です。先生は、人間じゃないベッシーとも友達になれるんですか？人間じゃないベッシーに、普通の友達と同じように接する事ができるって、本当に思いますか？」

天名の真剣な眼差《まなざ》しが俺に向けられる。

彼女の言っている事は間違っていない。永遠の命が可愛の狂言では無いのだとしたら、現実に生き返ってきた識別は、確かに普通の人間ではないのだろう。識別がどうやって生き返ったのか俺には解らない。トリックなのかもしれない。幽霊なのかもしれない。もしかしたら識別は、俺がまだ想像もしていないような、おぞましい化け物の可能性だって無くはないのだ。

だけど。

「友達にはなれるさ」

「ど、どうして、ですか？」

「友達っていうのは、人間の種類や、生き物の種類でなるものじゃないからだ。友達は身体《からだ》じゃなく、心でなるものなんだ。だから人間かそうじゃないかっていうのは大した問題じゃない。心があるかどうか。それだけが問題なんだよ。普通の人間同士だとしても、心無い人とは友達になんかなれない。逆に、心を感じる事ができたなら、犬だって猫だってお化けだって関係ない。永遠の命を持つ識別とだって、友達になれる。もちろんお前もだ」

「心……」

「抽象的ですまんが。でも友達ってのはそういうものだと、俺は思っている」

「じゃ、じゃあ先生は……私とも友達になれますか？」

天名は、試すような目で俺を見た。

「簡単だ。お前が金券を渡してきたりしなければな」

そう答えたが、天名の表情は明るくならなかった。えぇ〜……と言って、疑わしげな視線を向けてくる。

まぁこういう事は、口で言って解るものでもない。そもそも人から教わるものではないのかもしれない。友達なんてものは、自分で探して自分なりの相手を見つけていくしかないのだ。それを身をもって学ぶために、学校は存在するのだから。

「じゃ、じゃあ先生は……」

「うん」

「あのアライグマとも友達になれるんですか？」

天名が指をさす。まだ跳ねていた。

俺は彼と友達になれるだろうか。正直、心を感じない。だってさっきからずっと跳ねている。もう十五分くらい跳ねている気がする。アライグマ型の知育玩具なんじゃなかろうか。いや、思い出せ。俺だって小さい頃はアライグマと友達だったはずだ。動物園のアライグマに卵ボーロを与えて心の触れ合いを図ったのを覚えている。あの瞬間、俺とアライグマは確かに親友だった。

「なれるよ」

天名はえぇぇぇぇ〜〜と言って、釈然としない顔で俺を見ていた。

2

連休が明けて、再び学校が始まった。

学院は春の大イベント・体育祭に向けて色めき立っていた。生徒達は競技の準備やダンスの練習で、放課後も遅くまで残って頑張っている。

また教員の方はそろそろ中間試験の準備を始めなければならない。この時期は生徒、教員揃って何かと忙しい。だがよく考えてみれば夏休み前だって忙しいし、二学期だって忙しい。あまり先のことは考えないようにしようと思う。

そんな忙しい一日の合間を見て、俺は学院内の図書館に来ていた。

普通、学校にあるのは図書室なのだが、この学院にあるのは建物一棟がまるまる使われた図書館である。学院が創設された明治時代から集められ続けている蔵書の数は実に一七〇万冊。大学の図書館に匹敵する蔵書量である。実際に所蔵文献のほとんどは、学院内の生徒の利用よりも近隣大学からの貸し出し依頼の方が多いのだという。

図書館の中は木製の古い書棚がドミノのように連なっている。これだけでも市井の大きな図書館に引けを取らない蔵書数だが、ここにあるのは比較的利用の多い本だけで、蔵書の大部分は二階より上の書庫に収められている。

俺はまず民族文化に関する本の棚を眺めた。これまではほとんど縁の無かったコーナーだ。

捜しているのはスピリチュアルな文化の本である。魂、霊、それらの存在に関する簡単な啓蒙書《けいもうしょ》などは無いものかと背表紙に目を走らせる。

無い。まぁ当たり前である。科学的分野の場合、広く認められた一般事実が存在するからこそ、それを簡潔に解説した啓蒙書が存在できるのだ。引きかえ霊魂などの超自然的な話は、ざっくり言ってしまえばみんな思っている事が違う。それぞれが啓蒙書などを書き始めたら、無数の本が世に溢れてしまうだろう。

とりあえずタイトルが極端でない本（大宇宙意識とか書いていないやつ）を二冊ほど抜いて、俺は次に移動した。

自然科学のコーナーは優しかった。この住み慣れた空気。安心の分類記号四〇〇番台が俺を温かく迎えてくれる。どこの図書館に行っても、ここそがホームである。

ここでのお目当ては脳科学関係の本だ。脳と神経、意識に関する話題。俺は脳は専門ではないのだが、啓蒙書程度なら学生時代にそれなりに読み漁った。だが脳科学は現代最先端の分野である。数年疎遠にしていると新しい理論が幾つも登場していたりもする。

本棚の背表紙に指を走らせる。一冊のハードカバーでおっ、と手を止めた。本のタイトルは『ミラーニューロン　物まね細胞の発見』。

ミラーニューロンは近年発見された神経細胞の一つである。

人が何かの行動を行う時、それに対応する神経細胞が活動電位を発している。だがミラーニューロンは、自分ではなく他人がその行動しているのを〝見た〟時に活動電位を発生させる。他人がやっているのを見て、まるで自分が同じ行動をしているように、つまり鏡のように活動することからミラーニューロンと名付けられた。本のタイトルになっている〝物まね細胞〟の呼称もこれに由来する。

このミラーニューロンは〝他人の意識の理解〟や〝共感〟に一役買っていると考えられている。例えば、もらい泣きなんかが解りやすいだろう。これは他人の悲しむ表情を見て、自分の脳内の同じ感情部分が活性化して起こる現象だ。〝見る〟行為によって得た他人の感情の情報が自分に影響を与えているのである。

俺が今この本で指を止めたのは〝物まね細胞〟の物まねの部分で、可愛の事を思い出したからだった。

永遠の命とは可愛の狂言、つまり死んだ識別の物まねであるという説は、俺の中に未だ根強く残っている。だが、物まねにしては出来過ぎだと感じているのも確かだった。

そこでだ。このミラーニューロンを上手くどうこうしたら、あれほど上手く物まねができる理由に繋がらないだろうか。いや、どうこうと言っても具体的なアイデアが有るわけではないのだが。

例えばミラーニューロンを薬物か何かで上手くコントロールして、死んだ識別の意識を想像しながらトレースするというのはどうだろうか。もはや完全にSFの世界だが、それでも霊魂が乗り移るより多少なりとも説得力があるのではなかろうか。

そんな小説のネタのような話を真剣に考えていると、いつの間にか隣に生徒が立っていた。

「ミラーニューロンか」

「……可愛」

「ふふ、そうだよ。可愛求実こと、識別組子だよ、伊藤先生」

識別は、いつものいやらしい笑みで答えた。

「どうやら、永遠の命に興味津々みたいだねぇ」

「別に構わないだろう。お前を調べようとしてるんじゃない。本を調べているだけだ」

本人に会ってしまうと流石にばつが悪かったが、俺は諦めて開き直る。

「仰《おっしゃ》る通り。好きなだけ調べてくれて構わないよ。本ならね」

識別は俺が手に持っていた民族文化の本を覗き込んだ。

「ふむ……文化的なアプローチか。伊藤先生は自然科学の方からガッツリくるかと思ったんだけど、案外手広く入るんだね」

「手広くせざるを得ないというかだな……。理屈が全く解らないから、自然科学の決め打ちでかかるのは危険かと思っただけだ。それに今のところは、科学よりオカルトの方が近いと思っている」

「自分の生徒をオカルト呼ばわりしないでほしいね。身体も有れば学籍もある、至って普通の生徒だよ。〝二人目〟だってこと以外はね」

それだけで充分オカルトだ。

「お前は何をやってるんだ、図書館で」

「心外だなぁ。私は伊藤先生の百倍は図書館に来ているよ？　勉強をするには、どこよりもここが一番だからね」

「偉いな。勉強か」

「その為《ため》に生きているんだ」識別は目を細めて図書館の天井を見上げた。「私が毎日好きなように勉強できるのも、偏《ひとえ》にこの図書館のお陰なのさ。学校に言えば、どんな本でも買ってくれる。私が頼まなくたって、世界中の新しい本を次々と集めてくれる。この図書館はね、私の永遠の人生の生命線なんだ。だから先生、本はなるべく大切に扱っておくれよ」

「お前なぁ。自分の持ち物みたいに言うなよ」

「そうだね」識別が自嘲気味に笑う。「気を付けよう」

俺は壁の時計に目をやった。よく考えれば仕事中である。こんな所で油を売ってばかりも居られない。

「じゃあ俺は戻る」

「あ、待ってくれ先生。ちょっと頼みがあるんだ」

「なんだ？」

「近いうちに、また三人で話せないかい？」

「三人て、天名もか」

「ああ。場所はこの間と同じでいいからさ。時間を作ってくれると嬉しいのだけど」

「学校じゃ出来ない話なのか」

「ちょっとね」

「まぁ……別に構わないけども」

「ありがとう」識別は嬉しそうに微笑んだ。「天名さんの方にも声をかけておくよ。予定を調整して、また連絡する」

「わかった」

「あ、あと先生」

識別は踵を返しながら言う。

「その本は全く見当違いだから、借りない方が良いよ」

3

中間試験に使う問題のアタリを付けて、教科書を閉じる。一休みして受村君のお菓子をいただく。もう自分のお菓子だと思ってませんか、と受村君に怒られた。その通りだった。

ルーベラをくわえて窓際を見遣る。有賀先生は居ない。ドードーは居る。最近の準備室は有賀先生が欠けている事が多い。

「寮がらみで忙しいんでしょうねぇ」と受村君。「先月の事件以降、門限とか施錠を変えるかどうか、色々検討中みたいですよ」

「あのさ、受村君。ちょっと聞きたいんだけど」

「なんですか」

「なんで君はそんなに有賀先生情報に詳しいの？　行動範囲は俺と大差ないはずじゃないか。授業に行って準備室に戻ってくるくらいだろう？　部活をやってるわけでもなし。君はいったいどこで有賀先生ニュースを仕入れてくるんだ」

「寮ですかねぇ」

「寮？」

「ええ。僕、仕事が終わったら寮によく遊びに行くんですよ。管理人室で有賀先生とお茶したりして、結構遅くまで話してますから」

俺は愕然《がくぜん》とした。

「な、なんで」

「なんでと言われましても……。友達ですし」

「受村君、君ね、未婚の女性の部屋に夜まで居るってのはどうなの」

「僕だって未婚ですけど」

「関係ない話をするな」

「あ、もしかして伊藤先生。僕と有賀先生の仲を勘ぐってるんですか？　あ、なるほどー。やきもちですかー」

俺は受村君のお菓子缶を取り上げると、自分の机の引き出しに中身を全部あけて空の缶を返却した。受村君はああーと叫んだ。涙目になっている。

この憤りを一体どう表現すればいいのだろうか。だって俺は管理人室になんて入れてもらえなかった。それはまぁ付き合いの長さに差があるのは解るが……しかしだな……。

「心配しなくても、僕は有賀先生と付き合おうなんて思ってませんよぅ……」空の缶を抱きかかえながら受村君が言う。

「信じていいんだろうね、受村君」

「疑《うたぐ》り深《ぶか》いなぁ。そうだ、それに。有賀先生の好みのタイプって、伊藤先生みたいな感じだと思いますよ」

「それほんと？　なんか適当に言ってない？」

「本当ですって。僕だって伊藤先生良いと思いますもん。僕が女の子だったらアタックしてますよ多分」

受村君はなかなかきもいことを言う。だがそこは藤凰学院の広末涼子。俺は僅かながらあくまでもほんの少しだけドキッとしてしまった事を正直に告白しておく。

「そんなことよりも伊藤先生。お菓子返して下さいよ」

「じゃあこれから受村君が有賀先生情報を一つ教えてくれる度に一個ずつ返すことにしよう」

「全部返してくださいよ！」

「等価交換だ」

「えぇー……じゃあ、えーと……」

有賀先生情報を必死に思い出す受村君。なんと素直な人間だろう。識別や天名も見習ってほしいものだ。

「あ、そうだ、伊藤先生。有賀先生情報じゃないんですけど、僕ちょっと気になる話を聞いたんですよ」

「有賀先生情報じゃないならお菓子は返せないけど」

「ならいいです……」

「うそうそ」

「返して下さいよホントに……。ええとですね、先生、豊羽馬《とよはま》高ってわかります？ 井の頭通りの先の」

「わかるよ。浜田山《はまだやま》のでしょ？」

豊羽馬高校は藤凰学院の近くにある、普通科の都立高校である。男女共学で、偏差値はそこそこ高い。

「豊羽馬がどうかしたの？」

「ええ。僕もついさっき聞いたんですけどね。豊羽馬の女生徒の一人が、連休中から居なくなってるらしいんです」

「なんだって？」

「行方不明で、昨日捜索願が出されたそうです。単なる家出かもしれませんから、まだ何とも言えないですけど。ただウチの事件の事もあるので、各校とも少し注意してほしいってお達しが来てました。明日の職員会でも多分話が出ますよ」

一抹の不安がよぎった。

まさか。

識別が殺された事件が、まだ続いているとでも言うのか。

警察が言っていた通り魔が、最初の首斬り事件から二週間以上経った今も、まだこの近辺に潜んでいるとでも言うのか。

ひょっこり帰ってくると良いんですけどねぇ、と受村君は言った。

同じ事を俺も切に願った。

4

吉祥寺の駅を出て、ＪＲの高架に沿って進む。パチンコ屋の喧噪が一段落してから更に少し行くと、ぼろいビルが前と変わらず佇《たたず》んでいた。

中に入る。階段の踊り場で、可愛求実の姿をした識別組子は待っていた。私服はやはりホットパンツだった。ちょっと露出を控えろと注意するべきなのか、それとも最近はこれくらい普通なのか判断に苦しむ。

日曜日。

吉祥寺のおんぼろカラオケボックスに、俺は再びやってきた。

天名はまだ来ていない。識別が中で待とうと言ったので、俺達は受付を済ませて部屋に入った。

アイスコーヒーとコーラが運ばれてくる。俺達は雑談をしながら天名を待った。

「お前、天名と友達にはなれないか」

「無理だね」識別は俺の提案を一蹴する。

「いや、お前そんな簡単に……。あいつは少し、その、控えめだが、でも良いやつだぞ？　まぁ確かに空気を読むのがちょっと苦手かもしれないが……」

「空気を読めない子と無理矢理友達になれとは。酷《ひど》い先生だ」

「無理強いはしないけども……」

「先生。一つ勘違いをしているようだけど。友達になれないというのは、天名さんのせいじゃないよ。私のせいさ」

「うん？」

「私はね。友達というのは〝対等〟な関係だと思っているんだ。それはもちろん、多少の差だったら埋められるとは思うよ？　上司と部下だとか、お金持ちと貧乏人だとか、その程度の差なら乗り越えて友達になる事だってできるだろうさ。ただね。私の場合は違う。私と天名さんは〝永遠の命の生徒と普通の生徒〟なんだからね。この溝を埋められるとは、私にはとても思えない。私はもう人間の別種みたいなものなのさ。先生だって犬っころとは友達になれないだろう？　それとも先生はあれかい？　南極物語が大好きだったりする質かい？」

俺は井の頭自然文化園で見たアライグマを思い出していた。彼とは結局通じ合えなかった。

「いやでも、別種ってのは言い過ぎだろう」俺は反論する。「こうやって普通に話ができるんだ。俺は、お前とならなら友達になれると思うけど」

「私は思わないよ」識別は再び一蹴した。「先生の事は好きだけどね。友達になれるかと言ったらまた別さ。だから天名さんとも友達にはなれない。無理だね。断言しよう」

とりつく島も無い。天名がここに居なくて良かったと思う。

だが彼女の言い分も理解できる。

永遠の命を持っている方は、普通の人間の気持ちも解るだろう。自分の過去を振り返ればそれでいいからだ。だが普通の人間には、永遠の命を持っている人間の気持ちは解らない。永遠の生については想像を巡らせるしかない。確かにそれは対等とは言えないのかもしれない。

だけど。

永遠の命を持っている代わりに誰とも友達になれないなんて、それはちょっと寂し過ぎるのではなかろうか。

「先生はすぐ顔に出るなぁ」

俺はハッとする。どんな顔をしていたのだろうか。

「伊藤先生は本当にお人好《ひとよ》しだよ。こんなに人の良い先生にはもう何年も会っていない。馬鹿にしているんじゃないよ？　先生のは美徳さ。大切にすると良い。そんなお人好しの先生にこんな話をしなきゃならないなんて、本当に心苦しいんだけどねぇ……」

「いったい何の話をするつもりなんだ……。しかし、天名は遅いな」

「ああ、ごめんよ先生。今日は天名さんは来ない」

「……なんだって？」

「三人で話したいと言ったのは嘘。本当は先生と二人で話したかった。でも三人と言っておいた方が、先生も来やすいんじゃないかと思ってね」

どうやらハメられたらしい。

確かに識別と二人きりだと言われたら、多少は警戒したことだろう。彼女の作戦は見事に成功したようだ。

「……なんだよ、話って」俺は手遅れだと知りつつ警戒した。

「この二人でする話なんて、事件の事しか無いんじゃないかい？」

事件。

識別組子が殺された事件。

その時、俺はハッと思い出した。

「識別、お前、豊羽馬高校の話は知っているのか？」

「うん？　ああ、そういえば聞いたなぁ。女生徒が行方不明なんだって？」

「ああ、そうだ……それってお前が殺された事件と何か関係があるんだろうか？」

「行方不明ってだけじゃ何とも言えないなぁ。死体でも出てきたならともかく。事件なのか事故なのかも判らないんじゃゃね。今の段階じゃ、考えるだけ無駄さ」

「それもそうだが……」

「ま、そっちの事件については置いておいて。今日はこっちの事件の話だよ先生。私が首を斬り落とされた方のね。なぁ先生」

識別はソファに体を預けて、足を組む。

「どうして私は首を斬られたんだと思う？」

「え？」

「死体の首を切断した理由だよ。先生は解るかい？」

首を斬った理由。

頭部を切断した理由。

なんだろう……いざ考えてみるとパッとは思いつかない。というか、首を斬るような異常な犯人の心理なんて、一般市民の俺に解るものか。

「首を斬るというのはね、思っているより大変な作業だよ」

俺の答えを待たずに、識別は話し始めた。

「私は、私の首がどう切断されていたのか詳しくは知らないんだ。どんな道具を使ったのかも判らない。だからここからは、多少憶測混じりになるけれど。まぁ先生、とりあえず聞いてくれ」

俺は頷く。

「では憶測を重ねつつ、しかしそれなりに納得のいくように話をさせていただこう。まず私の首は、間違いなく死んだ後に切断されたのだと思う。これは当然の予想だよ。首を生きたまま斬るってのは不可能に近いからね。居合いの達人が現れて日本刀でスパーンとか、ギロチンでスパーンとか、そういった特殊な場合を除けば、人間の首を生きたまま斬るのは無理だ。そういう非常識な話はまず除外しよう」

非常識な存在の代表のような人間が言うのもどうかと思うが。

彼女は続ける。

「だから今回の犯人も、当然の帰結として私を殺してから首を斬ったのだと思う。報道では絞殺と言っていたね。まぁ妥当なところだ。首を絞めて殺してから、ゆっくりと切断したんだろうさ。だが先生。この〝ゆっくり〟というのが問題だ。さっきも言ったが、人間の首を斬るのは結構な重労働だからね。刃物で斬ったのか、ノコギリで斬ったのか知らないが、何にしろ時間と労力が必要になる。斬り慣れていれば別かもしれないが、そんな人は殺人鬼くらいだろうさ。ともかく私が何を言いたいのかといえばだ。犯人にとって、首斬りはとても危険な行為だって事さ。途中で誰かに発見される危険、余計な証拠が残る危険、首斬りはそんな致命的な危険を山ほど孕《はら》んでいる。なのに、犯人は首を斬った。大変な危険を冒してまで。だが逆に言えば。犯人には危険を冒してでも首を斬る理由があったって事なんだよ。ここまで解るかい、先生？」

識別は人を小馬鹿にして言う。だがいちいち反応してもいられない。俺は話の続きを促した。

「『首斬りには理由がある』。そういう仮定で話を進めよう。私はその理由をいくつか考えたんだ」

そう言うと識別は、右手の人差し指をピンと立てた。

「一．首を斬るのが目的の異常な殺人鬼だった」

「いきなり身も蓋も無いな……」

「だがこれが最も理に適《かな》っているんだよ先生。非常に解りやすい上に、反論の余地がない。犯人は変な人でした。これで終わりなんだからね」

まぁ確かに言う通りだ。異常な通り魔が犯人だった場合は、理由の説明はいらなくなる。「どうして首を斬ったのか」と聞いたら「斬りたかったから」の一言だけで済んでしまう。

続けて、識別の中指が立ち上がる。

「二．頭か、胴体のどちらかが欲しかった」

「それは……違うんじゃないか？」

「ああ。自分で言っておいてなんだが、この説は無いね。だって、切断したのに持って帰っていないんだから。頭も体も、発見現場に放置されていたんだろう？」

「そう聞いてる」

つまりどっちも置いていったということだ。切断の途中で諦めたのならともかく、切断できたのなら、欲しい方を持って帰るはずだろう。

「だからこの説は消しだね。最後に」

識別の指が三の形を作った。

「三。死体の身元を隠したかった」

「なんか、それっぽい理由だな」

「うん。これはミステリー小説なんかで見る手法だね。頭を取っちゃって、誰だか判らなくしてしまう作戦さ。死体の入れ替えなんかにも使われる。しかしこれも、二と同じ理由で無いだろうねぇ。身元隠蔽も死体入れ替えも、切り取った頭を隠さないと何の意味もない」

一人でうんうんと頷く識別。

「と、今言ったような三つの可能性がある」

「いや、今の三つの中だったら、一しかないだろう」俺は即答した。「だって二も三も、お前が自分で無いと言ったじゃないか」

「ああ、先生。私もそう思うよ。一の可能性が最も高い」。識別は立てていた三本指の一本を、左手でつまんだ。「行きずりの通り魔が学校に侵入して、たまたま目に付いた私を殺して首を斬った。反論も反駁《はんばく》も許さない、素晴らしくて美しくて見事な解答だよ。ただし」

「ただし?」

「この事件は、普通の殺人事件じゃあない。普通じゃないこの事件には、普通じゃない四つめの可能性が存在する」

「四つめの可能性……?」

識別は右手の三本指に、左手の一本指を加えて四を作ると、

「四」

ニタリと笑った。

「私がどうやって生き返るのかを試した」

あ、と声を漏らしてしまう。

首を切断した理由。

絞め殺した上に、さらに首まで斬った理由。

「普通の事件では絶対にあり得ないポイント。それは被害者の私が永遠の命を持っている事だよ。それを考えに入れると、首斬りの新しい見方が浮かぶ。このオーバーキルは、永遠の命に対するアプローチだったのかもしれない。私が本当に生き返るのかを試すために、首を絞めた上に、さらに首まで切断した」

「ちょ、待ってくれ」

俺は慌てて話を止めた。

もし。

もしそうだとしたら。

「そうだよ伊藤先生」識別が、再びニタリと笑う。「この説を支持するならば。私が、永遠の命だと知っている者が容疑者なのさ」

俺は絶句した。

容疑者。

識別組子が永遠の命だと知っている者が容疑者。

それは。

俺と。

「天名か……」

まさか。

まさか、そんな。

「そんな……そんな馬鹿な話があるか」

俺は否定しながら、頭を必死に巡らせていた。

本当にそんな事が有り得るのか？

あのか細い天名に、識別を殺すなんて真似ができるのか？

一人の人間の首を切断することが可能なのか？

感情は全面的に否定している。

だが俺の理性は、余りにも冷静に分析していた。高校生だって人間の首を切断することはできると。時間をかければそれほど難しいことではないと。

しかし。

だからと言って。

「識別……お前、まさか本気で天名の事を疑っているのか？　あいつがそんな事をできる奴《やつ》じゃないのは、お前だってよく解っているだろう？　天名はそんな度胸がある子じゃない。あいつに人殺しなんて絶対に無理だ。そうだ、それに……警察は通り魔の線で調べていると言っているんだぞ？　お前だってさっき自分で言っていたじゃないか。異常な犯罪者の可能性が一番高いって。それが一番適切な解答だって言っていただろう？　なのに、永遠の命の事を知っているから容疑者だなんて、そんな乱暴な理屈で天名が犯人だなんて、俺は、俺は絶対に認めない」

「そうだねぇ」

俺は目を丸くした。

「そうだねぇって、お前……」

「先生の言う通り。天名さんに私の首を斬って殺すなんて真似が出来るとは思えない。天名さんが犯人だというのは、やっぱりちょっと無理があるね」

俺は再び目を丸くした。

識別は、俺の主張をいとも簡単に認めた。

「でもね、伊藤先生」

識別はコーラをちゅーと啜ると、グラスを置いて、俺の顔をじっと見る。

「残念だけど。本当に残念な事だけどね。私は、犯人を特定する決定的な証拠を掴《つか》んでしまったのさ。私にはもう犯人が判っている」

「なんだって？」

「なぁ伊藤先生。もう一度言うよ。私は、ある決定的な証拠を掴んだんだ。そして犯人が誰なのか、もう判ってしまっているんだよ」

識別は同じ台詞を繰り返した。

そして、ジトリとした目付きで俺を見据えて。

ニタリと笑った。

「さぁ先生。私はコーラをもう一杯注文するよ。もし何か言いたい事があるのなら、それを飲み終わる前に言ってくれるかい？」

5

週が明けた。

月曜の朝の井の頭線は、いつもの通り混んでいる。昼の空いている井の頭線はきっと幻覚だったのだろう。敵の精神攻撃の類なのだ。心を強く持って幻を打ち破れば、昼の電車も混んでいることを見破れるはずだ。

昨日の日曜。

識別が二杯目のコーラを飲み終わるまでの時間は、まるで拷問だった。

彼女は言わなかった。頑なに言わなかった。普通に喋ってはいたのだが、一番重要な事だけは決して口にしようとしなかった。

識別は話を始めてははぐらかし、また引き戻し、またはぐらかし、それを繰り返しながら、待っていた。俺が自分から何かを言うのを、ずっと待っていた。

そう。

識別は俺を疑っていたのだ。

あれほどあからさまな態度を見せられれば誰にだって解る。あいつは完璧に俺を犯人だと踏んでいた。決め込んでいた。俺しか居ない、俺以外ではありえないと、強い確信をもって話していた。

識別は、犯人を特定する決定的な証拠を摑んだと言っていた。

全く馬鹿な話だ。そんな物があるわけがない。

俺は犯人ではないのだ。俺は識別を殺したりなんてしていない。なのに証拠なんて出てくるはずがない。出てきたとしても、それは間違いなく偽物のはずである。

俺は、その証拠が何なのかを必死に聞いた。識別は教えてくれなかった。だがあいつは、俺が犯人だ、とも絶対に言わなかった。態度では完璧に言っていたが、口には一切出さず、ニタァと笑って俺の目をじっと見つめてくるだけであった。

結局俺は何も言わず、識別も何も教えてくれないまま、三十分ほど使って彼女はコーラを飲み終えた。あいつは「わかったよ」と言った。そして俺達はカラオケボックスを出た。

駅で別れる時に俺は言った。本当に犯人が判ったのなら、迷わず警察に通報しろと。識別は楽しそうな笑みをこぼして「そうだねぇ」と返した。あいつは最後まで俺の事を疑っていたのだと思う。

あの後、識別が警察に通報したかどうかは判らない。もし本当に確たる証拠があるならば、警察が犯人逮捕に動き出すだろう。だがそんな物があるはずは無い。俺は何もやっていないのだ。

………しかし。

不安が増していく。

識別が見つけた証拠とは何なのだろうか。もしそれが本当に、俺を犯人だと示す物だとしたら。警察でも信じてしまうような決定的な代物だとしたら。俺は冤罪《えんざい》で捕まってしまうのだろうか。

そんな事は無いと信じたい。日本の警察はとても優秀なはずだ。不確かな証拠で人を捕まえたりするわけがない。

一方で、そんな不確かな証拠を識別が信じるとも思えなかった。彼女があそこまでの態度に出ているからには、やはり決定的な証拠をつかんだのだと思えてしまう。たとえ間違いだとしても、それは識別も警察も納得してしまうような、反論の余地のない盤石《ばんじやく》の間違いなのではなかろうか。

俺は心の中で自分が犯人で無い事を何度も確認しながら、ひたすら天に祈った。

学院に着く。校門の所で有賀先生と会った。伊藤先生、お疲れですか？　と心配されてしまった。きっと憔悴《しょうすい》した顔をしていたのだろう。

有賀先生と一緒に準備室のある四階へと上がる。

廊下の角を曲がったところで、我々はそれに気付いて立ち止まった。

準備室の扉の前に小さな白い箱が置かれている。二十センチくらいの大きさの、紙製の箱だった。

俺が赴任してからの一ヶ月半、朝の準備室の前にあんなものが置かれていた事はない。

嫌な予感がした。

俺は有賀先生をその場に止めて、一人で箱に向かった。

視界の中の箱がだんだんと大きくなる。蓋はされていないようだった。

近づくにつれて、中身が見えてくる。

テレビのクイズのようだと思った。

箱の脇に立ち止まって、中を覗き込んだ。

中には写真が入っていた。

一枚の写真。

胸を真っ赤に染めて横たわる、可愛求実の写真。

そしてその写真と一緒に入っていたのは。


人間の心臓だった。

6

戦場のような一日が終わろうとしている。

学校は先月に続いて休校になり、俺達教員は対応に追われた。学院には、またもたくさんの警察関係者が詰めかけ、発見者である俺と有賀先生は念入りな事情聴取を受けた。その時に刑事の人と少し話をした。まだ判らないが、きっと識別の首斬りと同一犯だろうと言っていた。

夜の十時を回って、職員室はやっと落ち着きを取り戻した。疲弊したと言った方が適切かもしれない。先ほどの緊急職員会で、体育祭の中止が決まった。そんな場合ではない事を誰もが理解していた。

鞄を取り、職員室を後にする。校舎を出て、校門までの並木道を歩く。足がゆっくりとしか進まない。全身が疲れていた。

どうすればよかった。

俺はどうすればよかったのか。

識別に無理矢理にでも通報させるべきだったのか。

昨日駅で別れずに、寮まできちんと送っていくべきだったのか。

それとも、日曜日に外で会ったりしたのが間違いだったのか。

後悔が浮かんでは消える。俺はあらゆる事にもっと慎重になるべきだった。殺人事件が起きて犯人がまだ捕まっていないのに、生徒と学校の外で会い、そして一人で寮に返してしまった。いくら状況が特殊だったとしても、識別が生き返ったなんていう非常識な状況であったとしても、生徒の危険になる事だけは絶対に避けなければいけなかったのに。

可愛を、生き返った識別を、もう一度殺した責任は俺にある。

俺は。

俺は。

もう教師なんて、辞めるべきなのか。

急に服の裾が引っ張られる。俺はビクリと体を震わせて立ち止まった。

俺を引き止めたのは行成海だった。

多分寮から出てきたのだろう。ジャージ姿の行は俺の顔をじっと見た。

「危ないから、帰れ」

俺は弱々しい声で、それだけを言った。それが精一杯だった。

だが、なぜか行も泣きそうだった。

彼女はくしゃくしゃの顔で俺を見上げる。

はたと思う。もしかして行は、可愛と友達だったのだろうか。殺されてしまったのは、行の友達なのか。

だとしたら。

だとしたら、それも、俺の。

俺は堪えきれずに顔を歪める。

「ああ、先生……」

「…………え？」

「ごめんよ先生……そんなつもりはなかったんだ……。先生にそんな顔をさせるつもりなんて無かったんだよ……」

俺はハッとした。

「お前、識別か」

「そうだよ、伊藤先生。なぁこの通りだ。許してくれ。先生を悲しませようなんてちっとも思っていなかったんだ」

「俺のことなんかはいい！　それよりお前が……！　お前がまた……」

「うん、解っている。先生、頼む、落ち着いて話を聞いてくれ」

俺は震えながら、言葉を無理矢理呑み込んだ。無言で頷く。今は識別の話を聞くしか、聞くしかない。

「先生、頼むから怒らないで聞いてくれ。私は昨日、犯人が判っていると言ったと思う。だけど実を言うと、あれは嘘だった。私は犯人が判ってなんていなかったんだ。証拠も摑んでない」

「なっ……！」

俺は絶句する。

「なんでそんな嘘を………いや、いやそれよりも、犯人が解らないって……。じゃあ、まさか、これからも殺人が続くっていうのか？　狙われているのは、明らかにお前じゃないか。お前は、お前は生き返る度に、誰かに殺され続けるって言うのか？」

「いいや、先生」

識別が目を閉じて、首を振る。

「もうこんな事件は終わりにしよう。こんな馬鹿な事件は終わりにしよう。私だって、これ以上殺されるのは御免だよ。伊藤先生、明日だ。明日、もう一度だけ私に付き合ってくれないか？　説明するよ。どうして私があんな嘘を吐いたのか。そして私と先生で、このどうしようもなく馬鹿げた事件を終わらせようじゃないか」

V．運命

1

藤凰学院。
俺がこの学校に赴任して、一ヶ月半。
そう、たった一ヶ月半しか経っていない。

その短い間に、二人の生徒が殺された。
永遠の命を持った生徒が殺されて。
永遠の命を持った生徒がもう一度殺された。
そしてその度に、彼女は甦《よみがえ》った。

こうして言葉にすると余りにも馬鹿げていて、余りにも有り得なくて、余りにも荒唐無稽な話だと思う。

だから、こんな話はもう終わらせよう。

識別組子は、行成海の体でそう言ったのだった。

2

窓の外から懐かしい曲が聞こえる。夕方の五時を告げる音楽。毎日聞いているはずなのに、なぜか懐かしい、帰宅を促す寂しい旋律。

廊下に生徒の姿は無い。

学院は昨日に引き続いて、今日も休校になっている。窓の外に見える警察関係者の姿はもう大分減っていた。最初の事件の時と違って死体そのものが見つかったわけではないので、前ほど大がかりな作業は行われていないようだった。

俺はオレンジ色の日が差し込む廊下を進む。突き当たりの階段を上る。高等部の校舎には三つの階段があるが、一番端に位置するこの階段は普段から余り使われない。またここは、屋上に出られる唯一の道でもある。

屋上につながる扉には、鍵が掛かっていなかった。ノブを回して重い扉を押し開ける。開いた隙間から眩しい光が差し込む。

初めて出る屋上は、何も無い所だった。コンクリート敷きの広い空間を、胸ぐらいの高さの塀が取り囲んでいる。普段は鍵が掛かっているので、生徒が出入りする事はない。教員が出入りする事もない。ここに来るのはエアコンの業者くらいのものだ。

その屋上の真ん中に逆光のシルエットが一つ立っていた。コンクリートの隙間から生えてきた、真っ黒い妖怪のようだった。

「やぁ。来たね、先生」

行成海の姿をした識別組子は、振り返って言った。

「お前、どうやって屋上に入ったんだ。鍵はどうした」

「許可は取ったよ」

そう言うと識別は、木札の付いた鍵をプラプラと振ってみせた。

しかし誰の許可を取ったと言うのだろう。生徒に屋上の使用を許可することなど無さそうなのだが……。

「で……」

と、話しかけようとした俺を、識別が手で制する。

「ちょっとだけ待ってくれ先生。もうすぐ来るから」

「来るって？」

とその時、後ろで扉が開いた。

開けたのは制服姿の天名だった。

「天名」

「あれ？　あれ？　伊藤先生……？」

天名はキョロキョロしながら、屋上に出てくる。

「お前、今日は休校だぞ。どうやって学校に入ったんだ」

「あ、あの、裏門からです。お、オユキさんに」

「私が開けておいたのさ。というか私が呼んだのさ」

識別はそう言うと、手招きをして天名を呼んだ。

「先生、扉の鍵をかけておいてくれないか。誰も来ないとは思うけど、一応ね」

俺は言われるがままに扉の鍵を回す。

識別は、いったい何をしようとしているのだろうか。

「あ、あの……？」

天名が不安げに呟く。そりゃ不安だろうと思う。俺も不安になってくる。

識別を見る。夕日を背にしているので完全に逆光になっている。彼女の表情は、影に遮られて読みとれない。

だがそれでも俺には、なんとなく判ってしまった。

識別は今、ニタリと笑ったのだ。

「さて。よく来てくれたね、伊藤先生。それに天名さん。なに、時間は取らせないよ。お二人を呼びつけておいて申し訳ないんだが、そんなに大したイベントを用意しているわけじゃあないんだ。ほんのちょっとお話しするだけだよ。私と、貴方でね。私の話と、貴方の話。二つを合わせて初めて完成する、これはそんな類のお話さ。そしてここがお話の終わり。ここがお話のエンディング。だからここでは、包み隠さず全てを話そう。悔いが残らないように。わだかまりが残らないように。だって私は、貴方の話を本当に楽しみにしているのだからね。じゃあ始めようか。あ。ああ、そうだ、そうだったねぇ。挨拶。挨拶がまだ済んでいなかった」

識別は制服のスカートの裾をつまむと、わざとらしく、うやうやしく、大袈裟に頭を下げた。

「では改めて。この場は私、〝永遠の命を持つ生徒〟識別組子が仕切らせていただこう」

識別組子は。

行成海の体でそう言った。

「え？　は、え？　えっ、ええっ……!?」

天名が珍妙な声を上げる。

俺はあ、と気付く。そうだ、天名はまだ知らないのだ。

昨日可愛求美が殺害された事件は、警察の規制の関係でまだ報道されていない。だから可愛の死を知っているのは今の時点では学校関係者だけだ。生徒達は何も知らない。ましてやその可愛として復活していた識別が、次は行の身体で甦ったなんて、知っているのは俺だけなのである。

「べ…………ベッシー？」

識別はニコッと笑った。

そして天名の頭をすぱーんと叩いた。

美しい音が響いた。

「あぁぁ～～……ベッシーです～、間違いなくベッシーです～……。私に対する過度に辛辣な振る舞い、容赦の無い応対、紛《まが》う方無くベッシーですぅぅぅ～……」

喋りながら天名は三回はたかれていた。ある意味尊敬する。

「どうしてもそれをやめる気はないんだね」

「と……友達ですからぁ～……」天名が頭を庇《かば》いながら言う。

「友達なら、友達が嫌がることはやめるべきじゃないかな」

「じゃ、じゃあ、私がベッシーって言うのをやめたら、友達になってくれるんですか？」

識別は嫌だと言いながらもう一回はたいた。

天名は頭を抱えてしゃがみこむ。

「だ、だったらやめません～……今度からＢＡＳＩＣの事はベッシークって言います し、柚餅子《ゆべし》の事はゆべっしーって言います～……」

すぱんすぱんと綺麗な音が響く。

「識別、もうお前が折れろ」俺は識別をなだめた。

「屈辱だ……屈辱だよ、伊藤先生。なぜ永遠の命を持つ私が、柚餅子みたいなあだ名を付けられなきゃならないんだ……。だが確かに、折れなければ話が進まないな……。私は天名さんを引っぱたくためにここに来たんじゃないんだからね……」

識別が悔しそうに矛を収める。天名はぱあぁと光りそうな笑顔で立ち上がると、照れくさそうにもじもじして、ベッシー、と呼んだ。すぱんという音はしなかった。天名の完全勝利であった。

「まぁいい。今日だけだ。ここでくらいは我慢するよ。好きなように呼ぶがいいさ」

「えへへ……ベッシー……あ、あれ？　でも……」天名がはたとする。「ここにオユキさんのベッシーが居て、え、なんで、え？　可愛さんのベッシーが……？」

　天名は混乱していた。無理もない。彼女は可愛が死んでしまった事を知らないのだから。

「あのな、天名……」

　俺は事情を話そうとした。

　だが、識別がそれを止める。

「説明の必要は無いよ、先生」

「うん？」

「だって天名さんは、もう知っているんだからね。可愛求実が死んだ事を。可愛求実が心臓をえぐり出されて殺されたことを」

「……なんだって？」

「当たり前じゃないか。だって彼女、天名珠さんこそが、識別組子の首を斬り、可愛求実の心臓をえぐり出した犯人なんだからね」

3

「え、え？　え？」

天名は目を丸くして、俺と識別の顔を交互に見た。

いつもの天名だった。彼女はいつも通りにおどおどして、いつも通りにおろおろしている。彼女の狼狽《ろうばい》が演技とは思えなかった。天名は本気で戸惑っている。少なくとも、俺にはそう見える。

この子が犯人だと、識別は言った。確かにそう言った。

だが目の前の天名は、二人の人間を殺した犯人とはとても思えない。

やはり識別の推理が間違っているのではないか。俺はそんな一縷《いちる》の望みを込めて彼女を見た。

だが識別は溜息《ためいき》を吐いて、首を振る。

「残念だが、先生。犯人は天名さんに間違いないんだ。だって私は、きちんと調べたんだからね。証拠もある」

「……頼む。どういう事かきちんと説明してくれないか、識別」

「元よりそのつもりだよ、先生」

そして、識別組子は語り始めた。

この余りにも馬鹿げた事件の。

余りにも馬鹿げた解決を。

「さて天名さん。先に言っておくとね。実は私は、まだ君が犯人だと判ったただけで、犯行の方法は判っていないし、動機も全く判っていないんだ。そのどちらも、君本人から直接聞かせてもらいたいと考えている。なので今から先に、君が犯人である理由だけを説明するよ。もしそれが正解だったなら、君は観念して方法も動機も教えてくれると嬉しいな。そこはせめて空気を読んでほしいね。崖の上まで来ているのに否認する犯人ほど見苦しいものはないからね。まぁ今回の事件の場合、殺害方法に関しては可能性が無数にある。通り魔だって出来るくらいなんだから、実際どんな方法でだって可能だろうさ。だから方法にはあんまり興味が無い。でも動機の方は気になるね。どうして私を殺したのか？　どうして心臓を取り出したのか？　それは是非教えて欲しいものだ。さぁ前置きが長くなって申し訳ない。それでは今から、この事件の真相をお聞かせしよう」

「まず四月。君は何らかの動機で私を殺そうと思った。そしてバーベキューの最中、君は私を見つけて、大講堂裏に連れ出した。連れ出す口実は何でもいい。ちょっと来て、くらいでもね。まさか前の私だって、ついていったら殺されるなんて思ってもなかっただろうからね。そして君は大講堂裏で、私の首を絞めて殺した。ビニール紐《ひも》で も持ってきておけば簡単さ。処分も楽だ。とかく、君は私をさっさと絞殺して、何食わぬ顔でバーベキューに戻った。そしてバーベキューが解散した後、人気がはけたのを見計らって再び大講堂裏に行き、その場で首を切断した。そして、それを残したまま帰宅した」

「それからしばらくは何事もなく過ぎた。警察にもバレなかったようだし。なかなか見事な手際だねぇ。そして一週間後。君と先生の前に二人目の私、可愛求実の身体の私が現れる。しかし私には殺された日の記憶が無かった。この時の私は、君が犯人だとは知らないわけだ。だけど、容疑者だとは思っていたよ。先生にもこの間話したね。首が切断された理由から考えて、私が永遠の命だと知っている者が容疑者だって。私が貴方達の前に姿を見せたのはね、二人のどちらかが犯人だと踏んでいたからなのさ」

「そして私は、それからずっと貴方達を観察していたんだ。だが何も摑めなかった。最初の殺害以降、事件には何の動きもなかったし、貴方達もなかなか尻尾を出さなかった。なので私は、一つ罠《わな》を張ることにした」

「罠？」

「一昨日の日曜日だよ、先生。カラオケボックスで私はこう言った。犯人が判ったと。決定的な証拠を掴んだと」

「ああ……。でもあの時、お前は俺の事を犯人だと思い込んでいたんじゃ……」

そこまで喋って、俺はハッとした。

「識別、まさかお前」

「ゴメンよ先生。騙《だま》して」

識別がニタリと笑った。

「そう。私は君達二人に会って、二人に同じ事を言ったのさ。〝証拠を手に入れた。犯人を突き止めた〟とね。それは余りにも簡単な罠。簡単過ぎる罠。いや罠なんて上等なもんじゃない。ただカマをかけただけだったんだよ。しかしありがたい事に、犯人は引っ掛かってくれた。つまり私が本当に証拠を掴んだと思って、私を殺してくれたのさ」

俺は唖然《あぜん》とした。

識別の仕掛けた罠。

自分をもう一度殺した方が犯人。

それはあまりにもな、あまりにも過ぎる作戦だった。

「私にしかできない裏技さ」識別はもう一度ニタリと笑って説明する。「日曜日、私はまず先生に会いに行った。そして先生にカマをかけた。いや、今の私は覚えていないんだけどね。前の私は日曜日に殺されているから、その日の分の記憶がない。だから先生とどんな話をしたかを私は知らない。まぁとにかく先生に会った後、私はまだ無事だったんだろうね。そして私は先生と別れてから、携帯で自分宛にメールを出した。『先生シロ』と書いてね。その後天名さんに会いに行って同じ話をした。多分そこで殺されたんだろうね。復活してからメールを確認したら、『先生シロ』だけ届いていて、『天名さんシロ』のメールは届いていなかった。これで確定した。私自身が調べたんだから間違いない。そういうわけでね、先生」

識別がつぃと手を上げて、天名を指差す。

「犯人は彼女。天名珠さんなんだよ」

俺は呆然としながら天名を見た。

天名は。

やはり先ほどと同じように、目を丸くして驚いていた。

彼女は驚いたまま、両手をすっと顔の前まで上げると。

ポンと手を叩いた。

「ベッシーすごい〜……」

「……え？」

俺は眉をひそめる。

天名は、識別をキラキラした目で見ている。

心底感心した、というような目で。

「私、全然気付きませんでした……まさか罠だったなんて〜……。あの、私、犯人が判ったって言われて、すごく焦っちゃって……今警察に捕まったら面倒だなぁって思って、それでつい……」

つい。

天名は言った。

つい？

「つい、私を殺したのかい？」

「は、はい……」

ごめんなさい〜……と言って、天名は小さくなった。

今のは。

今のはまさか。

自白、なのか？

「本当に……本当に、お前がやったのか、天名」

「え？　は、はい……私がやりました、けど～……」

俺は愕然とした。

天名が、彼女が二人の人間を殺した犯人だということに。

だが、だがそれよりも俺は。

天名が二人の人間を殺した事をなんとも思っていないように見える事に、心底驚いていた。

「自白した、ということは」識別が問いかける。「観念して教えてくれるのかな？　私を殺した動機を。永遠の命を持った私を、殺そうとした動機をね」

「そ、それは、その……」

天名は変わらなかった。自分が犯人だと自白した後も、何も変わらなかった。彼女は普段通りにおどおどしながら、いつも通りにおろおろしながら、か細い声を絞り出す。

「べ、ベッシーを殺した理由は……永遠の命がどんなものか知りたいと思ったからです～……」

「首斬りの理由は、やっぱりそれかい」

「は、はい、そうです。首を絞めただけじゃ、もしかしたら簡単に生き返るかもしれないな～と思ったので……。ほら、電気ショックとかで蘇生《そせい》しちゃうかもしれないじゃないですか。だから首を斬りました～……。これで生き返ってきたらすごいなぁと……。でも、意外でした。他の人の体になって復活されるとは思いませんでした～」

「ご期待通りの復活でなくてすまないね。まぁ首斬りの動機に関してはそんなに興味はないんだ。予想はしていたし、予想通りの答えだった。私が本当に知りたいのは、もう一つの方だよ」

「も、もう一つって……」

「心臓」

識別が射貫くような目で天名を見据える。

「君は私の、可愛求実の心臓をえぐり出して殺した。いや殺してから取ったのかな。どちらにしろ、とにかく心臓を取り出した」

識別は口に手を当てながら考える。

「だが、これは意味が無い。だって心臓を取っても、それは首斬りと同じ事だろう？私が別人の体で再び現れるのは予想できたはずだ。なのに君は心臓を取った。同じテストを二度繰り返した。その意図が読めない。一体君は何がやりたかったんだい？　それとも本当に何も考えてなくて、心臓を取ったらどうなるのかと、もう一度やってみただけなのかい？」

「あ、あの、ええと、その理由はですね～……」

天名が視線を泳がせる。

「なんだい、教えてくれないのかい」

「い、いいえ、話します……心臓を取った理由は話します～……けど～……」

天名が視線を伏せる。

彼女はまた顔を上げて、識別と俺を交互にちらちらと見ると、再び俯いた。

「し、識別、ちょっと待て」

俺は二人の間に割って入った。

「天名、お前、何か言いたいことがあるんじゃないのか？」

「せ、先生～……」

「言ってみろ。なんでも良い。とにかく言ってみろ。お前、お前本当は…………犯人じゃないんじゃないのか？」

俺は、一縷の望みを懸けて聞いた。

「先生は本当にお人好しだなぁ。自分でやったと言っているじゃないか」識別が茶々を入れる。「まぁでも、言いたい事があるのなら残さず話してほしいねぇ。もうこれで、お仕舞いなんだからね。私と君が会うのも、きっとこれが最後なのだから」

天名は不安げな目で俺を見た。

すがるような目で俺を見た。

俺は首肯した。全てを話してほしいと思った。俺は、どんな事だって受け止める覚悟を決めた。

彼女は意を決して、顔を上げた。

「あ、あ、あの……ですから～……その～……」

「なぜ今、そんな話を？」

俺は。

彼女が何を言っているのか解らなかった。

そして識別も解っていないようだった。

「なぜ、って？」識別が聞く。

「そ、その〜……だ、だって最初にベッシー言いましたよね……。全てを話そうって。包み隠さず全てを話そうって。なのに、私が犯人だとか、犯行の動機だとか、どうしてそんなどうでもいい話ばかりするのかと思って〜……」

俺は固まった。

識別も固まっていた。

彼女が何を言っているのか、俺達にはさっぱり理解できなかった。

「で、ですから、そろそろ本題に入りませんか〜……？」

「……本題？」

「ベッシーの、永遠の命の正体のお話ですよぅ〜」

俺達は再び固まった。

天名は、俺と識別の顔を交互に見て、情けない表情を浮かべた。

「あのうぅ〜……ごめんなさい、わ、私、本当に空気読めなくて〜……」

「いや……」

俺はなんと答えて良いのか解らない。

「ち、違いましたか？　この場は、そういう場ではなかったですか？　先生、私、また間違えていますか〜……？」

識別は、呆れた顔でため息をついた。

「天名さん」

「は、はい……」

「君が私の永遠の命の正体を確かめようとしているのは知っている。そのために私を二回も殺した事も既に暴かれた。だけど、それだけだ。君は私を二回殺しただけで、永遠の命の本質に何一つ迫ってはいないじゃないか。そんな君に、なぜ私が永遠の命の正体を教えてあげなければいけないんだい？」

識別は決然と言った。

天名はうぅ〜……と縮こまっていく。

「殺してみたけど何もわかりませんでした〜、なんて言う殺人鬼にわざわざ正解を教えてやるほど、私は馬鹿でもお人好しでもないよ。私は君のことを普通に恨んでいるし、当然罰を受けてほしいと思っている。だから君には教えない。届かなかった永遠の命に想いを馳《は》せながら、辛くて長い刑に服しておくれ」

「わ……私……」

「うん？」

「私、何にも解らなかったわけじゃありませんよぅ〜……」

識別が目をぱちりとさせる。

「ほう？」

「わ、私、永遠の命の正体にもうちょっとで辿り着くと思うんですよ〜……。ただ、その、考えが上手くまとまらないだけで……もうちょっと、もうちょっとのはずなんです〜……」

「それは、いつまとまるんだい？」

「え、えぇう、それは〜……」

その時。

天名はハッと俺を見て、

「せ、先生が、先生が私の代わりに謎を解いてくれます〜……」

とんでもないことを言った。

「先生お願いします〜……私の代わりに考えてくださいぃ〜……」

裾を引っ張ってくる天名。

「いや……考えるも何も……」

「あ、あの先生、私、持ってきたんです、新しい情報を持ってきたんですよ〜」

「え？」

その言葉に俺は反応する。

視界の隅で、識別もピクリと反応したのが判った。

新しい情報。

永遠の命の新しい情報。

「ふふ」

識別の漏れ出すような笑い声がした。

「面白い。面白いじゃないか。聞こうか、その新しい情報とやらを。天名さん、それは私の永遠の命の正体に迫るような、素晴らしい情報なんだろうね？」

「そうです〜……」

天名は泣きそうな顔で訴えた。

識別は、識別らしくない、屈託のない笑みを浮かべていた。

「こんなに楽しいのは、何年ぶりだろうねぇ」

そして、天名の話は始まった。

4

「あの、私が最初に引っ掛かったのは、ベッシーが〝別な人の体〟で現れた時なんです。とっても不思議でした……。どうやったのか、さっぱり解りませんでした……。何が不思議って、二人目のベッシーは可愛さんとしても完璧に振舞っていたんですよ？　私と話す時はベッシーなのに、普段は可愛さん……。頭が混乱しました……。ベッカーと呼んだ方が良いのかもと思いました……。そ、それに、もう一つ気になった事があるんです。ベッシーの〝殺される前後の記憶が無かった〟事です。あの、私最初は、ベッシーが嘘を吐いているのかと思ってたんです……。本当は私が犯人だって知ってるのに、それを隠して近付いてきたのかなぁって……。でも話してるうちに、ベッシーは本当に私が犯人だとは知らないんだと思いました。ベッシーの記憶は本当に飛んでいるんだって。だ、だから私、もう少し詳しく調べてみようと思って……。それで、一つ作戦を立てたんです～……」

「作戦？」

「はい……その、急ごしらえの作戦だったんで、上手くいくか本当に不安だったんですけど……でも成功しました。上手くいったみたいです。あの……ベッシーに聞いてもいいですか～……？」

「なにかな」

「貴方は、本当にベッシーですか？」

天名の質問に、識別はキョトンとした顔をした。

俺も驚く。

それは、今更というような質問だった。

「何を言うのかと思えば……。もう君達には完全に信じてもらえていると思っていたのだけれどね。まぁ私からは愚直に主張する事しかできない。なのでもう一度言おう。私は識別組子さ。君に首を斬られ、心臓を取り出された、永遠の命を持つ生徒、識別組子本人だよ」

「そうですか～……じゃあ……」

「私の家にいるベッシーはいったい誰なんですか？」

識別の動きが止まった。

識別の表情が止まった。

天名は、ぱあぁと光りそうな笑顔を浮かべて、言った。

「可愛さんのベッシーは、まだ生きているんですよ〜」

5

「生きてる……だって？」

俺は愕然として聞く。

「そうです〜」

「だ、だって、可愛は、彼女は確かに心臓を……」

俺は見たのだ。確かに見たのだ。

あれは絶対に作り物なんかじゃない。

あの質感。

まとわりついて固まった血液。

あれは、間違いなく本物の、人間の心臓だった。

「そうか……」

識別が呟く。

「豊羽馬の……」

はっと息を呑む。

受村君が言っていた事。

豊羽馬高校の女生徒が行方不明になっている。

「天名、お前、まさか……」

「そ、そうです……。先生が見たのは、可愛さんの心臓じゃないんです。可愛さんの写真は、胸を真っ赤にメイクして撮っただけで、本物の可愛さんはまだ生きています。お元気です。もちろん縛ったりはしてますけど～……」

天名は識別に、ごめんなさい～、と頭を下げた。

「私、ベッシーをなんとか騙そうと思って、この作戦を考えたんです。一昨日の日曜日、ベッシーに犯人が判ったって言われて、私どうしようどうしようって思って、とりあえずベッシーを攫《さら》いました。実は攫ったベッシーにも色々聞いてみたんですけど、ベッシーは何にも教えてくれなくて～……。でも、考えました。もしベッシーをここにずっと置いておいたらどうなるんだろうって。魂が乗り変わるような仕組みなら、ベッシーを殺さなければ次の人は出てこないはずですよね？　でも先生が前に言ってたみたいに、機械で記憶を移すような仕組みだったら、もしかして次のベッシーが現れるんじゃないかって思ったんです。だけど……ちょっと不安になりました。次のベッシーが現れるまでに時間がかかったらイヤだなぁって……。だ、だってベッシーは証拠を掴んでるみたいでしたし。あんまり時間がかかったら、警察に見つかっちゃうと思って〜……それで早めに出てきてもらえるように、ベッシーが死んだっぽく見せかけたんです〜……。でも良かった……作戦は成功です。今、目の前にベッシーが居ます。でも、私の家にもベッシーが居ます。ベッシーが二人に増えたんですよ〜」

天名は嬉しそうに言った。

識別は、目を丸くしている。

「で、ここまでは良いんですけども〜……」天名は眉をハの字にする。「ベッシーが増えたのまでは良いんですけど……あの先生、これって、どういうことなんでしょうか……？」

天名がすがるような目を向けてくる。

「実は私、もう何が何だか解らなくて〜……。ベッシーは、つまり機械で増えてるってことなんですか？　電気の流れるヘルメットをかぶって、次々に増えてるって事なんですか？　あの私、もう頭がパンクしそうで……先生、助けてください〜……これってどう考えたら良いんですか〜……」

天名がそう懇願した時、俺はもう考え始めていた。

識別が二人に増えた事。

識別が自分の生死を勘違いできた事。

「今の事実から判ることは……」俺は頭を回しながら口を動かした。

「まず……識別の精神は、【複数の場所に同時に存在している】。識別の精神は唯一無二の物ではなく、複数のコピーが存在している、ということだ。つまり識別の復活とは、精神の〝移動〟ではなく〝コピー〟だったんだ。それに加えてもう一つ判るのは、【それぞれの意識が常に共有されているわけではない】ということだ。精神が常時繋がっているなら、攫われた可愛の識別と、ここに居る行の識別に齟齬《そご》が生じるのはおかしい。それぞれのコピーは、リアルタイムに意識を共有しているわけではないんだ。だが、これまでの識別は以前の記憶を確かに保っていた。それは二人目の識別が、俺達と理科準備室で話したのを覚えていた事からも判る。死んだ前後一日分の記憶は消えても、それ以外の記憶はきちんと受け継がれていた。これらの条件から考えられる可能性は……」

俺の思考が。

一つの結論に辿り着く。

「同期だ」

「同、期……？」

「そうだ。識別は複数の意識を定期的に同期しているんだ。方法は判らないが……何らかの仕組みで、識別は複数の意識の情報を、ある一定の間隔で共有させているんだ。例えば……オーディオプレイヤー、そうだ、ｉＰｏｄと同じ原理だ。プレイヤーをＰＣに接続すると、ＰＣ側の内容にプレイヤーが同期される。識別はこれと同じように、複数人の意識を定期的に繋げて、それぞれの情報を伝え合っているんだ。そしてその同期の間隔が……一日なんだ。一日のどこかで同期が行われて、二十四時間分の情報を共有する。こう考えると、殺された日の記憶が欠落する事の説明が付く。死体は同期ができないと考えれば、殺害された一日分の情報がすっぽりと抜け落ちる。バーベキューの日の記憶が朝から無い事から類推すると、深夜、もしくは早朝に記憶の同期が行われているんだ……」

そこまで言って、俺は識別を見る。

答え合わせを求めるように、識別を見る。

いつの間にか夕日が落ちかけている。周りはだんだん暗くなっていたが、逆光でなくなった識別の顔は、さっきよりもよく見えるようになっていた。

識別は。

これまでに見た中で、一番嬉しそうな顔をしていた。

「最高だ」

識別は言う。

「最高だ。君達は最高だよ。まさか、まさかここまで来るとは思わなかった。私の永遠の命に、これほどまでに肉薄してくるとは本当に予想外だよ。こんな事は初めてだ。私の長い人生の中でも初めての経験だ。天名さんだけでは無理だったろう。先生だけでも無理だったろう。君達二人が揃って初めて出来たんだ。君達は、私の永遠の命の尻尾を確かに摑んだ。その事に私は惜しみない賞賛を贈りたい」

「じゃ、じゃあ……」天名が興奮して身を乗り出す。

「そうだよ、天名さん。すべて先生の言う通りだ。私の意識は複数箇所に存在している。それらはリアルタイムには共有されていない。しかし定期的に同期されている。それが、私の永遠の命のシステムなのさ。私という意識は複数の人間に偏在し、そうして絶えることなく連綿と続いている。それが永遠の命の正体。永遠の命の本質。よくぞここまで辿り着いたものだ。ああ、本当に凄いよ……。こんなに驚いたのは、いつ以来だろうか」

「いや……しかし、識別」

俺は一歩踏み出して、識別に問いかける。

「俺は、まだ永遠の命の核心が解っていない。ここまでの話はシステムの概要を言い当てたに過ぎない。こんなものはあくまで現象論でしかない。一番大切なポイントは他にある。システムの中心。システムの肝。……なぁ、識別。お前は、どうやって意識を複製したり、同期したりしているんだ？」

そう。

そこだ。

意識を複製する。意識を同期する。それができれば、永遠の命は成立する。

では、いったいどうやって？

「頼む、教えてくれ、識別。それは……俺達の知らない秘術や魔術、つまり超自然的な方法なのか？　それとも超越したテクノロジー、技術、未知の超科学なのか……？

識別、頼む。俺はそれが……どうしても知りたい」

俺は識別の目を見据えた。

天名も識別の答えを待っている。

識別はふぅ、と息を吐くと、小さく肩を竦《すく》めた。

「残念だが、君達のご期待には応えられないな」

「お、教えてもらえないんですか～……？」

「いや、違うよ。私は、君達が期待するような特別な事を何もしていないって言っているのさ。私が行っている意識の複製と意識の同期。その方法はね、隠匿された魔術でもなければ、超越した科学でもない。至って普通の事なのさ。そう、なんだったら君達にもできる。特に先生。貴方はプロだろう？」

「え？」

「教えるんだよ」

6

「人間の意識を揃えるのに、特別な装置も技術も必要ない。それぞれが自分の好きなように過ごす。それぞれが自由に過ごす。後は定期的に集まって、各自が経験した事を全て教えればいい。そして全て教われればいい。それが先生の言っていた〝同期〟の正体さ。私達はね、小さな頃からずっと、ずっとそうやって過ごしてきているんだ。

天名さん、君はさっき言ったね？　「私が完璧に可愛さんになりきっていた」と。だが事実はそうじゃない。私の中には最初から〝可愛求実として振る舞える知識〟があり〝行成海として振る舞える知識〟があり〝識別組子として振る舞える知識〟があった。その全員が、全員分の知識を所有していたのさ。多重人格ではない。何人分もの知識と振る舞いを集約した一つの人格。それが永遠の命を持った生徒、識別組子の正体さ。もちろんこの名前だって、何人分のうちの一側面でしかないのだがね」

識別は簡単な事を説明するように説明した。

誰でも出来るとでも言いたげに説明した。

教える、だって？

人間の全てを教える、だって？

「そんなに難しいことじゃあないんだよ、伊藤先生。これは質的な問題じゃない。量的な問題なのさ。教えるのが上手で、教わるのが上手なら、それだけで充分なんだ。難しく思えるとしたら、先生がまだ教育者としてひよっ子だからだね。それに、先生には前にも言ったはずなんだけどな」

「……なんだって？」

「言っただろう？　教育の限界は、自分の事しか教えられない事だとね。言い換えればそれは、限界まで極めれば、自分の事は全て教えられる、という事ですよ？　私、言いましたよね、伊藤先生？」

瞬間、背筋に悪寒が走る。

今のは、今のはまさか。

「ゴメンよ。先生」識別は困ったように笑った。「もうお解りかな。有賀先生も受村先生も、私なんだよ」

俺は呆然となった。

俺を取り巻く世界が崩れていくようだった。

「伊藤先生、別に先生を騙そうとした訳じゃないんだ。たまたま。本当にたまたまさ。この藤凰学院には、私の意識を持つ人間が複数人散在しているんだ。と言ってもシステムの性質上、それほど人数は増やすことはできないのだけど。教える方にも教わる方にも限界があるからね。一度に並行して走らせられる人数はそう多くない。でもその全員が、この学院に居る。これがどういう事か解るかな？」

識別は屋上の中心で、鳥のように腕を広げた。

「藤凰学院はね、私という人間を継続させるための学校なのさ。私がずっと生きて、ずっと勉強するために作った、私だけの学校。それが藤凰学院なんだよ」

付いていくのが精一杯の話が続く。

俺は呆然とした頭で考えていた。

俺は。

なんというところに就職してしまったのだろうか。

「いやぁ、まさかこの事を誰かに話す日が来るとは思わなかったよ……。長生きはするものだねぇ、伊藤先生。そして天名さん。今日は特別な日になった。藤凰学院創立以来のね。学院の休日に制定しようか。五月の半ばに一日だけ休みがあっても中途半端かな……ま、それはともかく。私の話はこれで終わりさ。伊藤先生。天名さん。永遠の命の正体、満足していただけたかな？　もちろん永遠の命をご所望ならば、いくら真似してもらって構わないよ。簡単さ。ここのような施設を用意して、人を受け入れて、後は教えてしまえば良いだけなんだからね。もちろん少しばかりお金と時間がかかるだろうけれど。永遠の命と引き替えなら安い物だと思うがね。さてと……天名さん」

「は、はい？」

「どうやらお互い、話は終わったようだ。となると、少し残念だけれど……君を警察に突き出さなきゃならない。なにせ君は、二人の人間を殺した連続殺人犯なんだからね」

「あ、あぁう～……」

天名はその重大な事実に、まるで今気付いたような顔をした。

「そ、そうですよねぇ……警察ですよねぇ～……う～」

天名は、この期に及んでもなお、事の重大さを全く理解していないようないつも通りの態度を保っている。

俺は彼女になんと声をかければいいのか解らなかった。

二人の人間を殺した生徒に、どんな声をかければ良いのか。何を言うのが正解なのか。そもそも正解なんてあるのか。

俺は教師であり、天名は生徒だ。

だが今の俺が彼女に教えられる事なんて、本当にあるんだろうか。

俺は、無力だった。

「天名さん」識別が口を開く。「君を警察に突き出す前に……最後にもう一つだけ教えてもらえないかな」

「え、は、はい」

「さっき君は、私を殺した動機を教えてくれたね。私の永遠の命がどんなものか知りたかったのだと」

「そ、そうです〜……」

「なぜ？」

「え？」

「なぜ、私の永遠の命の正体を知りたいと思ったんだい？　人を殺してまで。なぁ天名さん。永遠の命の秘密を解明したい、というだけでも、もちろん充分な動機に成り得る。それは知的好奇心だ。もし好奇心だけで犯行を行ったのなら、そう言ってくれれば構わない。それで満足だよ。しかし、なんだか、何かが引っ掛かってね。君が永遠の命の正体を探ったのは、知的好奇心からじゃなく、何か別な理由があるような気がするんだよ。勘違いだったらすまない。ただ私は、こう見えて割と直感的に生きるタイプでねぇ。よければ教えてくれないかな？　なぜ君は、永遠の命の正体がそんなに知りたかったんだい？」

「あ、ええと、それは……」

とそこまで言って、天名は何かを考え始めた。

数秒の後、彼女は顔を上げた。

「べ、ベッシー」

「結局最後までそれで通したね……。無駄かもしれないけれど、最後にもう一度言うよ。私のことをベッシーと呼ばないでくれ」

「理由が知りたいですか〜……？」

天名は識別の話を無視して言った。

「知りたいね」

識別の返事を聞いた天名は、ニコッと笑うと、小走りで屋上の縁まで行った。

そして突然、屋上の塀に登る。

「天名！」

俺は叫んでいた。

いけない。

まさか、まさかあいつ。

彼女の意図を理解した俺は身構えた。だがすぐさま塀の上の天名に手で制される。

俺を止めた天名は、識別に向かって「ベッシー」と呼びかけた。

「本当に知りたいですか？」

「ああ、知りたいね」

「じゃあ……」

天名は微笑んで言った。

「私と友達になってくれますか～……？」

俺はハッとして識別を見る。

識別。

識別の返事は。

「識別待てっ！」

俺は叫んだ。

だが届かなかった。

識別は、冷静に、普通に、当たり前に、一言だけ言った。


「嫌だ」

俺が視線を走らせた時、天名の姿はもうそこには無かった。

Ⅵ・永遠の命

1

京王井の頭線は、混んでいる時間もあれば空いている時間もある。

俺はその事実をやっと認められるようになった。この場所にも少しずつ馴染み始めているのだと思う。次は、地元は吉祥寺ですと普通に言えるようになりたい。今はまだ、それがちょっと格好いいと思ってしまっている。

駅を出て、真っ直ぐ井の頭公園に向かった。日曜の昼は人通りも多い。小腹が空いていたのでクレープに心惹《ひ》かれたが、一人で食べるのもなんだか恥ずかしいので買わなかった。俺は古い人間なのだと思う。

石の階段を下りて公園に入ると、大きな井の頭池が目に入った。池にかかる七井橋《なないばし》を渡る。桜のシーズンも終わって久しいというのに、橋の上は人でいっぱいだった。

橋を渡った先はボート乗り場の入り口になっていて、それに併設する形で公園の売店が営業している。店の前では、おばちゃんが串だんごをぱちぱちと焼いていた。さっきクレープを食べなかったせいもあって、とても美味そうに見える。

俺は売店前の植え込みに座っていた彼女を見つけて、声をかけた。

「だんご食うか、識別」

「いただこう」

行成海の姿をした、識別組子は言った。

「行君の方で話そうか？」

「いや……逆にそっちの方が混乱する。そのままでいい」

「そうかい。先生、私は味噌《みそ》だれがいい」

俺は三福だんごなる名称のだんごを二本買って、識別の隣に腰掛けた。スチロールの皿の上に、醬油《しょうゆ》だれと味噌だれのだんごが一本ずつ載っている。

「このだんごも、もう長い」

識別が懐かしそうにだんごを眺める。

彼女はどれくらい前から、このだんごを知っているのだろうか。

「三福だんごはね、先生。三つの福をもたらしてくれるだんごなんだよ」

「へぇ。どんな？」

「幸福と、裕福と、大福さ」

俺は自分のだんごを見る。だんごを買ったのに大福をもたらされるらしい。中にあんこが入っているんじゃなかろうかと懸念する。

「天名さんは」

識別が突然話を変えた。

「うん」

「やっぱり計画的な犯行だったみたいだねぇ」

識別は、空を眺めた。

天名珠は校舎の屋上から飛び降りて亡くなった。

即死だった。下に駆けつけた俺と識別は、彼女の惨状を目の当たりにした。その事はあまり話したくない。たとえ忘れようもないほど鮮明に覚えているとしてもだ。

俺と識別は警察の取り調べで事件の顚末《てんまつ》を話した。といっても、ありのまま全てを話したわけではない。人に真面目に話すには、あまりにも非常識過ぎる事ばかりだ。

具体的には、永遠の命に関わる話は全て伏せた。〝天名は識別を殺して、可愛を誘捌して、別な人間の心臓を箱に入れて置いた。それを我々に話すと、屋上から飛び降りた〟という事実、それだけを伝えた。それ以上の事は話せない。そこから先は、現実世界と乖離《かいり》し過ぎていた。

識別はだんごを食べながら、警察から学校側に入った情報を教えてくれた。

警察が天名の家に行ったところ、彼女と家族が住んでいたはずのマンションには誰もおらず、家具もなく、生活の跡がほとんど無かったという。その際に、マンションの一室で拘束されていた可愛求実が発見され、解放された。少し衰弱していたが、命に別状は無かったという。

さらに警察が調べたところ、天名珠に関する新しい事実が明らかになった。なんと彼女の経歴は、全てでたらめだった。天名珠という少女は、戸籍も無ければ住民票も無く、入学時に提出された書類も全部が偽造だったという。藤凰学院に来る前の彼女がどこで何をしていたのか、彼女は一体何者なのか、その足取りを追えるものは何も無い。ふき取ったように綺麗に処理されていたよ、と識別は言った。

「つまり、天名さんが藤凰学院に転校して来たところから、すでに計画は始まっていたんだろうね。彼女の狙いは、最初から私だけだった」

「しかし、いったいどこでお前の話を」

「ま、注意していたって漏れる時は漏れるものさ。だから私は、学院に新しい人間が来ると一応試すことにしている。私の事を知っているかどうかをね」

「なんだって？」

「先生にその噂を教えたのは受村先生だろう？　天名さんに話したのは行君だ。つまりそういうことさ」

俺はハッとした。歓迎会の夜を思い出す。

つまりあれは、反応を見られていたのか。俺が永遠の命を知っているかどうかを試されていたのか。

「天名さんにも最初に聞いてみたんだが、その時は初耳だと言ってそんなに食い付いてくるでも無かった。今思えば、警戒していたんだろうね。結局私もころりと騙されて、理科準備室でつい君達に話しかけてしまったのさ。いやぁ、失策だった」

まさか殺されるとはね、と識別は笑う。

「まぁでも、計画的な犯行と聞いて合点《がてん》がいったところもある。屋上で天名さんの話を聞きながら思ったのだけど、例えば可愛求実の私を誘拐した件にしても、余りにも手際が良過ぎる。ここは都会の真ん中だよ。誘拐なんてそう簡単に出来る事じゃない。だが逆に言えば、きちんと準備をしていれば可能であるとも言えるのさ。人通りの少ない場所を見つけたりしておけばね。つまり天名さんは、事前にこの街について下調べをして、潜伏場所も用意して、そうして準備万端の状態で藤凰学院に乗り込んでいたんだよ。はてさて、彼女はいったい何者だったのかねぇ。永遠の命を求めた大金持ちの差し金か。どこかの大国が送り込んできた国家スパイか。それとも巨大な宗教が派遣してきた秘密調査員か」

識別は突拍子も無い話を広げた。日本の片隅で普通の生活を送ってきた俺には、想像の付かないことばかりだ。

俺がかろうじて想像できるのは、天名本人の事くらいだった。

大きなレンズに隠れた顔を思い出す。あいつには、いったいどんな背景があったというのだろう。それだけの大がかりな計画を遂行して、最後には自殺してしまった生徒。天名珠とは、一体なんだったのだろうか。

「死んでしまっては聞けないね」

永遠の命の生徒は、ぽつりと言った。

「今日は、その話をするために呼んだのか？」

俺は聞く。日曜日にわざわざ呼び出したのは識別の方だった。

「ああ、もちろんそれもあるんだけど。実はもう一つお願いがあってね」

俺は怪訝な顔で身構えた。

「そんな顔しないでくれよ……傷つくなぁ」

「何だよ、お願いって」

「いや簡単なことさ。伊藤先生、学校を辞めないでくれないか？」

俺はキョトンとした。

別に辞表を出したわけでもない。

そもそも辞めるなんて考えていなかった。

「ほら、なにせこんな奇妙な事件の後だろう？　伊藤先生は、もう藤凰学院に居るのが嫌になったんじゃないかと思ってねぇ。それに私の事もある。ほら、私はさ……気味が悪いだろうから」

「いや……そんなことはないが」

俺は少しだけ思案した。

だが別に考えは変わらなかった。

「辞めないよ。せっかくの再就職なんだ。他に行く当てがあるわけでもないし。お前さえ構わないなら、まだしばらくは藤凰学院で雇ってもらいたいと思う」

「ふふ」識別は嬉しそうに笑う。「先生はなかなか図太いね」

「自分では繊細だと思ってるんだがな」

「正直に言って助かるよ。私の特殊な事情を知っている人が居るのは本当にありがたい。あと男性だというのが何より嬉しいね。私の意識を共有する人間は女性ばかりなんだ。なにしろ藤凰学院は女子校だからね」

言われて俺は気付く。

「受村君は？」

「少し無理があったとは思っている」

俺は顔を覆った。

おかしいとは思っていた。いや俺がおかしいんだと思っていた。同僚の男性教師にときめくなんてどうかしていると割と本気で悩んでいた。

藤凰学院の広末涼子は本物の女の子だったのだ。学院の卒業生だったのだ。俺は正常だった。倒錯した性に目覚めてなどいなかった。

「伊藤先生が苦悩する姿はなかなか面白かった」

「趣味が悪いぞお前……」

「だから受村先生と交際したかったら遠慮無く口説いてくれ。それとも先生。私と付き合ってみるかい？」

「遠慮する」

「じゃあ有賀先生と付き合うかい？」

俺は一瞬迷ったが、もう一度冷静に考えてから、謹んで辞退した。

識別はいたずらに微笑む。

「残念だよ。私は伊藤先生が結構好きなんだけどなぁ」

「生徒の告白にいちいち動揺していたら、教師なんて務まらないんでね」

「学校に残ってくれるお礼にと思ったんだけどね。じゃあお返しは特にいらないかな」

「ああ……」俺はふと思い出す。「そうだ。前に教えてくれた図形があっただろ」

ん？　と言って、識別は食べ終わった団子の串を取ると、スチロールのトレイの上に味噌だれで絵を描いた。

あの図形。四角形と五角形の間の図形。

「これかい？」

「ああ。今度、これの事をもう少し詳しく教えてほしいな」

「そんな事でいいのかい？　先生も勉強熱心だねぇ」

「うん。これには興味がある」

「ふむ……これはまぁ、見た通りのものなんだがね。確かに私もここに辿り着くまでには、結構な時間がかかっているな。これに到達するにはね、脳内で少し変則的なネットワークを構築する必要があるんだ。空間、というか三次元に対する認識をシフトしないと上手く理解できないんだよ。イデアの隙間にあるようなものなんでね。まぁでも、誰だって時間をかければ理解できないことはない。先生にだって丁寧に説明すれば、解る日がいずれ来ることだろうさ」

「そんなに時間がかかるのか……」

「先生も永遠の命になればいいんだよ」

俺は小さく首を振った。

識別は重ねて残念、と呟いてから立ち上がった。

「じゃあ私は帰るよ。用事も済んだことだし……と、そうだ、先生。言いそびれていた。いや、教えてもしょうがない事かもしれないけれど」

「うん？」

「昨日ね、行方不明になっていた豊羽馬高校の生徒が見つかったそうだよ」

「あ……」

俺は顔をしかめる。

豊羽馬高校の生徒。心臓を抜き取られた生徒。事件に巻き込まれてしまった、顔も知らない他校の生徒。

その子は本当に無関係だった。藤凰学院の生徒でもなければ、永遠の命の一員でもなかった。何も知らない普通の高校生だったはずなのだ。

なのに。

それなのに。

「家出だったそうだ」

顔を上げる。

「え？」

「埼玉の方で補導されたとさ。元気だと連絡が入った。当然ながら心臓も抜き取られていない。つまり豊羽馬の生徒は、今回の事件には全く関わっていなかったって事になる」

俺は困惑する。

「しかし、心臓が……」

「そうだね先生。このニュースは、何かの救いになる訳じゃない。たとえ近所の生徒が無事だったとしても、代わりに心臓を取られて殺された人間が居るのは間違いないんだからね。だから、教えてもしょうがないかと思ったけれど」

識別の言う通りだった。

聞いたところで何も変わらない。

被害者の数は増えてもいないし、減ってもいなかった。

「ま、放っておいても先生の耳にはすぐ入るだろうしね。とりあえず豊羽馬高校の生徒は無事だった。それだけさ。さて、これで用件は全部片づいた。先生、また明日学校で会おう」

識別が踵を返す。

その時、俺の脳裏に先日の悪夢が過《よ》ぎった。識別と吉祥寺で別れた日曜。その後に起こった悲劇。

「識別、送らなくて大丈夫か」

「おや、先生。犯人はもう居ないのに、いったい何を心配してるんだい？」

「そうは言うが……」

「でもそうだねぇ。今の世の中、何が起きるか判らないからね。下手をしたらまた殺されてしまうかもしれないな。そうだね……もしそうなったら」

「また生き返るよ」

彼女はそう言って、七井橋を渡って行った。

残された俺は、植え込みに腰掛けたまま空を仰いだ。抜けるような青空がどこまでも広がっていた。

赴任してからの一月半で、二人の生徒が死んだ。

最初の識別組子が死んだ。

天名珠が死んだ。

俺は、彼女達に何も教えられなかった。

それは、今更悔やんだってどうなる事でもない。

俺は教師を続けていく間、この痛みをずっと抱えて生きていくのだろう。この事件の事を俺はきっと忘れないだろうし、忘れたくないとも思う。そしてもうこんな気持ちは二度と味わいたくないと思う。

だから俺は、もっと勉強しようと思った。

これから出会う生徒達に、何かを教えられるように。

三福だんごの最後の一つを食べ終える。大福ではなくだんごだった。三福だんごの最後の一個は大福ではない。一つ勉強になった。

目の前ではどこからともなく湧き続けるカップルが、次々とボート乗り場に入っていく。カップル以外乗れないという法律か条例があるのだろう。当然ながら、そこに一人で飛び込むような犯罪的に空気の読めない人間は居ない。

と思ったら、なんと一人居た。ボート乗り場から一人で出てくる女の子がいた。勇者である。蛮勇かもしれない。だが俺は賞賛を送りたい。よく頑張った。

その女の子は、そのまま真っ直ぐに俺の前まで来て、立ち止まった。

俺はその子の顔を見上げた。

眼鏡が反射して、よく見えない。

「見てました……。私、見てました……。せ、先生……もしかしてベッシーと友達になったんですか～……？」

彼女は七井橋の先を眺めながら言った。

「いや……」

俺は呆然と首を振った。

「で、でも私、柱に隠れてずっと見てたんです……。先生とベッシーはもう完全に友達に見えました～……。やっぱり先生の言った通りなんでしょうか……。友達になるのに大切なのは心だって。永遠の命を持った人間だって、誰とでも友達になれるんでしょうか……。私、今まで少し考え過ぎていたんでしょうか～……。伊藤先生、私、もう少し頑張ってみようかと思います～……」

彼女は平然と話す。

「でも今回は本当に残念でした……絶対に《本物》だと思ったんですよぅ～……。だから、私すごく頑張ったんです……。先生には解らないかもですけど、心臓を取るのって本当に大変なんですよ～……。それでもベッシーが《本物》だったら、そんな苦労も吹き飛ぶんですけど……。でも、違いますよね……だってベッシーを構成する全員が死んじゃったらもう駄目なんですもんね～……。残念ですけど、やっぱり《偽物》ってことですよねぇ～……」

俺は上手く声が出せずにいた。

彼女に何を聞いたらいいのか解らなかった。

頭をブンブンと振る。

それでも彼女はそこに居る。

「なんで、お前が」

「え、え？　あ、あの、私、もしかして……空気読めてないですか……？」

「そうじゃない、そうじゃなくて、なんで」

「な、なんでと言われても……ええと……なんと言えばいいでしょうか～……あ」

天名珠は、ポンと手を叩いた。


「《本物》だからです～」


俺は混乱しているような、全てが解ったような、全てが解らなくなったような、不思議な状態に陥っていた。

その時、動かした指の先に何かが触れる。

スチロールのトレイ。

もう串しか載っていない。

俺はそれを取り上げて、彼女に差し出す。

「お前……これ解るか」

え？　と、天名がトレイをのぞき込む。

彼女は串を取った。
「え、えぇと……こういうことですか〜……?」
彼女が描いたのは、
三角形と四角形の間の図形だった。

死なない生徒殺人事件　〜識別組子とさまよえる不死〜

了

あとがき

「私は永遠の命を持っています」と言った時、そこに上からの目線を感じてしまうことがあります。「限りある命の皆さんは大変ですね。まぁ私は永遠の命なんですけど」と言われたような感覚です。自分は限りある命かつ時間に追われ続ける現代人ですので「あの人イヤミよね」「自分は永遠の命だからってね」とつい陰口を叩《たた》きたくもなります。ですが最初から壁を作ってしまっては何も生まれません。永遠の命の人が限りある命に憧れることだってあり、私達は多様な価値観を認め合う時代に生まれた宇宙船地球号の仲間なのです。でも永遠の命の人は宇宙船地球号が壊れても生きられそうなので宇宙船の大切さについて価値観をすり合わせるのは難しいかもしれません。戦い続けるしかないのか。どちらかが滅びるまで（滅びない人間を使用しています）。

とてもあとになった今改めて振り返りますと、本書は〝教育者〟のお話でした。

先人が後人に何かを伝えること。教え、育てること。人類にとって教育はとても大切な概念です。人間が人間足り得るためには、人間とは何かを教わらなくてはなりません。また創作行為においては創作をするのが人間であり、その人間を創るのが教育ですから、教育者はあらゆる創作の根底に手を入れる最も重要なスタッフであるとも言えます。けれどその名がクレジットされることはありません。

だからせめてここで、その偉大な功績を讃《たた》えたいと思います。

先生、ありがとうございました。


本書もまた多数の先生方のご指導ご鞭撻《べんたつ》ご協力の元に形成されております。

初版表紙で大変魅力的な目つきのヒロインを創り上げていただいたｈａｋｕｓ様、力強いデザインをいただいたBEE-PEE様、新装版で彼女のさらなる深みをみせてくださった森井《もりい》しづき様、十年間色々教えて下さった担当編集の土屋《つちや》智之《ともゆき》様・平井《ひらい》啓祐《けいすけ》様、初代担当で本当に偉くなってしまった湯浅《ゆあさ》隆明《たかあき》様、学校取材協力の田辺《たなべ》由美子《ゆみこ》様、その他多くの皆様方、本当にありがとうございます。

そして本書をお読みいただいた読者の皆様に深く感謝するとともに、ご感想を教えていただけたなら幸いです。

野崎《のざき》まど

本書は2010年10月、メディアワークス文庫より刊行された『死なない生徒殺人事件～識別組子とさまよえる不死～』を加筆修正し、改題したものです。

メディアワークス文庫

死《し》なない生《せい》徒《と》殺《さつ》人《じん》事《じ》件《けん》

～識別組子《しきべつくみこ》とさまよえる不死《ふし》～ 新装版《しんそうばん》

野﨑《のざき》まど

2019年10月25日　初版発行
2025年５月15日　８版発行

発行者　山下直久
発行　株式会社KADOKAWA
〒102-8177　東京都千代田区富士見2-13-3
0570-002-301（ナビダイヤル）
装丁者　渡辺宏一（有限会社ニイナナニイゴオ）
印刷　株式会社KADOKAWA
製本　株式会社KADOKAWA

●お問い合わせ
https://www.kadokawa.co.jp/（「お問い合わせ」へお進みください）
※内容によっては、お答えできない場合があります。
※サポートは日本国内のみとさせていただきます。
※Japanese text only

※定価はカバーに表示してあります。

Printed in Japan
ISBN978-4-04-912818-5 C0193

メディアワークス文庫　https://mwbunko.com/

本書に対するご意見、ご感想をお寄せください。

あて先
〒102-8177　東京都千代田区富士見2-13-3
メディアワークス文庫編集部
「野﨑まど先生」係

私が大好きな小説家を殺すまで

斜線堂有紀

十数万字の完全犯罪。
その全てが愛だった。

突如失踪した人気小説家・遥川悠真（はるかわゆうま）。その背景には、彼が今まで誰にも明かさなかった少女の存在があった。
遥川悠真の小説を愛する少女・幕居梓（まくいあずさ）は、偶然彼に命を救われたことから奇妙な共生関係を結ぶことになる。しかし、遥川が小説を書けなくなったことで事態は一変する。梓は遥川を救う為に彼のゴーストライターになることを決意するが――。才能を失った天才小説家と彼を救いたかった少女、そして迎える衝撃のラスト！　なぜ梓は最愛の小説家を殺さなければならなかったのか？

推理作家（僕）が探偵と暮らすわけ

久住四季

変人の美形探偵&生真面目な作家、二人の痛快ミステリは実話だった!?

彼ほど個性的な人間にお目にかかったことはない。同居人の凜堂である。人目を惹く美貌ながら、生活破綻者。極めつけはその仕事で、難事件解決専門の探偵だと嘯くのだ。

僕は駆け出しの推理作家だが、まさか本物の探偵に出会うとは。行動は自由奔放。奇妙な言動には唖然とさせられる。だがその驚愕の推理ときたら、とびきり最高なのだ。

これは「事実は小説より奇なり」を地でいく話だ。なにせ小説家の僕が言うのだから間違いない。では僕の書く探偵物語、ご一読いただこう。

メディアワークス文庫